아들에게 주는 아버지의 지혜

아들에게 주는 아버지의 지혜

필립 체스터필드 — 이원복 옮김

지금까지 네가 시간을 어떻게 사용해 왔는지를 생각해 봐라. 그러면 너는 비로소 시간이 얼마나 귀중한가를 깨닫게 될 것이다. 이것은 매우 중요한 일이다. 그걸 안다면 지금부터 네 인생에는 하늘과 땅 사이 같은 차이가 생길 것이다. 앞으로 너에게 더 이상 시간에 관해서 이러쿵저러쿵 말하고 싶은 생각은 없다. 그러나 지금부터 기나긴 인생 ― 앞으로 2년 동안의 일이다만 ― 에 관해서 한마디만 더 말해 두고 싶다.

브라운힐
BrownHillPub

옮긴이의 말

이 책의 원래 제목은 '아들에게 보내는 편지'(Letters to his son, 1774년)이다.

저자인 필립 체스터필드(Philip Chesterfield)는 1694년 영국의 귀족 가문에서 태어나 1773년에 생을 마감한 정치가이자 문인이었다. 케임브리지 대학에서 공부한 체스터필드는 신대륙 여행을 마치고 당시 유럽 문화의 중심지였던 파리에서 오랜 기간 체류했다.

자신을 '태양왕'이라고 자칭하던 루이 14세 치하의 프랑스는 사실상 유럽 문화의 중심지였고, 체스터필드의 파리 체류는 그의 정신에 지대한 영향을 끼친 것으로 알려져 있다.

1728년에 네덜란드 주재 영국 대사로 부임한 그는 그곳에서 한 여성을 알게 되었고, 그녀와의 사이에서 태어난 사내아이가 이 책의 주인공이 되는 필립 스타낫프이다.

그 후 체스터필드는 정계에 진출하여 1745년부터 1746년에 아이슬

란드 총독을 지냈으며, 1746년부터 1748년 사이에는 정부 각료로서 영국 정계의 거물이 되어 자신의 능력을 발휘했다. 그는 청각 장애로 정계에서 은퇴했다고 한다.

그러나 그의 생존시에 영국은 와트의 증기기관 발명과 함께 공업국으로서의 기반을 다졌고, 의회주의 국가로서 새롭게 출발했다. 구시대로부터 신시대로의 도약을 이룬 시기라고 할 수 있다.

〈아들에게 보내는 편지〉는 어버이로서의 따뜻한 사랑과 번뜩이는 지혜의 장(章)들로 가득 채워져 있다.

그는 편지 속에서 인간의 자존심에 관해 상세하게 언급하고 있으며, 타인에게 무엇인가를 부탁할 때는 진지한 자세로 호소하는 것이 좋다고 가르치고 있다. 또한 체스터필드는 '아첨'을 금기사항으로 가르치기보다는 아첨에 속아 넘어가지 말라고 당부하는 등으로 다

양한 삶의 지혜를 보여주고 있다.

오늘날의 현실을 돌아보면, 그의 〈아들에게 보내는 편지〉는 상당히 설득력 있게 다가온다.

우리는 메커니즘이 산업을 지배하는, 인간관계의 정신적인 부재 속에서 살고 있다고 해도 과언이 아니다. 산업사회의 시민이 되면서 가족관계에 틈이 생기고, 부모와 자식 간의 갈등이 사회문제로 대두되고 있는 것도 사실이다. 부모와 자식이 나누는 대화의 시간은 점점 줄어들고, 혈육 간에 지탱되는 사랑조차 일방적인 기대감이나 욕구가 그 자리를 대신하고 있다. 게다가 인간의 에고가 극대화되어, 그 어느 때보다 정신적 위기감을 고조시키고 있지 않은가.

이런 때에 체스터필드의 글은 우리에게 많은 것을 생각하게 한다.

오랜 세월 동안 수많은 사람들이 이 책에 대해 격찬을 아끼지 않았고, 당시의 영국 상류사회에서는 젠틀맨십(Gentleman ship)의 교과서로 일컬어지기도 했다.

이 책의 출판 이후 영국에서는 사무엘 스마일즈의 〈자조론(自助論)〉과 존 스튜어트 밀의 〈자유론(自由論)〉, 또 찰스 다윈의 〈종(種)의 기원〉 등이 나왔는데, 이런 책들의 효시가 체스터필드의 〈아들에게 보내는 편지〉였다고 한다.

이것만 보아도 이 책이 얼마나 사람들에게 큰 영향을 미쳤는지를 짐작할 수 있다.

우리 시대의 많은 사람들이 이 책을 읽고, 보다 건강하고 따뜻한 세상을 만드는 데 조금이나마 기여했으면 하는 바람을 가져본다.

2020년 5월 이 원 복

차례

1.

미래를 위해
젊음을 투자해라

젊은 시절에 인생의 기반을 확고히 다져라

너에게 무엇보다도 당부해 두고 싶은 말이 있다. 그것은 시간(時間)의 귀중함과 그 사용법이다.

이것을 제대로 알고 있는 사람은 드물다. 누구나 말로는 '시간은 귀중하다.'고 말한다. 하지만 시간을 귀중하게 활용하고 있는 사람은 노골적으로 말해서 별로 찾아볼 수 없다. 시간을 아무런 생각 없이 마치 하수도에 쏟아 붓는 물처럼 낭비하는 사람일수록 시간이란 매우 귀중하다는 둥, 또는 어물쩍하는 사이에 시간은 흘러가버린다는 둥 입으로는 갖가지 좋은 말을 늘어놓는다. 그런데 알고 보면 시간에 관한 격언(格言)은 무수히 많기 때문에 그것을 적당히 입에 주워 담아서 말하는 것은 그리 어려운 일이 아니다.

많은 사람들이 시간에 대해서 관심을 갖기 시작한 것은, 유럽 각 지방에 훌륭하게 제작하여 설치해 놓은 해시계의 영향 때문이라고 생각한다. 매일 많은 사람들이 그 해시계를 보고 시간을 유용하게 쓰는 일이 얼마나 중요하며, 한번 헛되게 보낸 시간은 결코 되찾을 수 없음을 절실히 느끼게 되었던 것이다. 하지만 교훈을 단순하게 이해하고 있는 것만으로는 충분하지 않다. 스스로 남들에게 시간의 중요성을 가르칠 수 없다면 참된 시간의 가치와 유용하게 사용하는 방법을 제대로 알고 있다고 말할 수 없다.

지금까지 네가 시간을 어떻게 사용해 왔는지를 생각해 봐라. 그러면 너는 비로소 시간이 얼마나 귀중한가를 깨닫게 될 것이다. 이것은 매우 중요한 일이다. 그걸 안다면 지금부터 네 인생에는 하늘과 땅 사이 같은 차이가 생길 것이다.

앞으로 너에게 더 이상 시간에 관해서 이러쿵저러쿵 말하고 싶은 생각은 없다. 그러나 지금부터 기나긴 인생 — 앞으로 2년 동안의 일이다만 — 에 관해서 한마디만 더 말해 두고 싶다.

우선 18세까지 지식의 기반을 확고히 다져주길 바란다. 그렇게 하지 않으면 그 이후의 인생은 네 뜻대로 살아가기가 매우 어려울 것으로 여겨진다. 지식은 나이가 들었을 때 편안한 휴식을 제공해 주며, 어려움을 피할 수 있는 방편이 한다는 것을 명심해라.

지금 이 순간을 헛되이 보내면 평생 후회하게 된다

나는 퇴직 후에도 책 속에 파묻혀 살아가려고 한다. 그것은 누구의 방해도 받지 않고 독서의 즐거움 속에 잠길 수 있기 때문인데, 내가 이렇게 말할 수 있는 것은 네 나이 때에 정신 차리고 열심히 공부했던 덕이라고 생각한다. 만일 그때 내가 보다 더 열심히 공부를 했었다면 이 만족감은 더욱 클 것으로 생각한다만, 여하간 이렇게 속세를 떠나 독서에서 안온함을 찾으려고 한다.

젊었을 때, 어느 정도의 지식을 쌓아두길 잘했다고 생각한다. 그렇다고 해서 친구들과 전혀 놀지 않았다는 뜻은 아니다. 논다는 것은 인생을 장식(裝飾)해 주는 일이며 젊은 사람들의 기쁨이기도 하다. 나도 젊었을 때는 분명히 놀았다. 만일 내가 놀지 않았었다면 지금쯤 노는 일을 과대평가하고 있을지 모른다. 인간이란 자기가 알지 못하는 일에 대해서는 마냥 흥미를 갖는 법이니까.

그러나 다행히도 나는 충분히 놀아본 덕분에 어떤 놀이에 대해서도 잘 알고 있으므로 후회 따위는 없다. 마찬가지로 나는 일을 하면서 소비한 시간을 아깝게 생각해 본 일도 없다. 열심히 일하는 것을 창밖에서 보고 있는 사람은 그것이 훌륭하게 느껴져 자기도 한 번 해보고 싶은 충동을 느끼게 된다. 하지만 막상 해보면 그렇지 않다. 그것은 해본 사람이 아니고서는 즐거운 일인지 고통스러운 일인지 모르기 때문이다.

다행히 나는 일이나 놀이 모두에 정통해 있다. 내가 하는 일이나 놀이를 곁에서 지켜보는 사람들이 자주 경탄의 소리나 한숨을 내쉬는 일이 있는데, 그 사람들은 놀이나 일의 내용을 잘 알고 있기 때문이다. 그래서 나는 그런 일에 정통해 있음을 후회하기보다 잘한 것으로 생각하고 있다. 하지만 그런 내가 후회하고 또 앞으로도 후회할 일이 한 가지가 있다. 그것은 젊었을 때, 아무것도 하지 않고 태만하게 허비해 버린 시간이 있었다는 점이다.

지금부터 너의 인생 가운데 앞으로 2년 동안이 가장 중요한 시기이다. 그래서 나는 목청 높여 호소하고 싶다. 앞으로 2년이란 기간을 뜻있게 보내주길 바란다.

지금 네가 아무것도 하지 않고 시간을 허송해 버리면 그만큼 아는 것도 줄어들 것이고, 인격 형성에도 부족함이 클 것이다. 그 반대로 의미 있게 보낸다면 보낸 시간만큼 축적되어 대단히 큰 이자가 붙어 되돌아오게 될 것이다.

그러므로 앞으로 2년 동안에 너는 면학(勉學)의 기반을 굳게 다져야 한다. 한번 기반을 다져놓으면 그 후부터는 기회 있을 때마다 필요한 지식을 쌓아 가기만 하면 되기 때문이다.

그러나 세월을 허송하고 있다가 필요한 때가 되어 기초를 굳혀보려고 해도, 그때는 이미 늦어 아무것도 할 수 없게 된다. 그래서 젊은 나이에 기반을 굳혀놓지 않으면 늙어서 아무 매력도 없는 인간이 되고 마는 것이다.

나는 네가 사회인이 되고 난 후에는 책을 많이 읽으라는 말을 하지 않을 작정이다. 왜냐하면 네가 책만 읽고 있을 수 있는 시간이 없을 것으로 생각하기 때문이다. 만일 시간이 있다고 하더라도 이미 책만 읽고 있을 그런 신분이 아니지 않느냐.

그렇기 때문에 지금이 가장 좋은 면학의 시기이고, 누구의 방해도 받지 않고 마음 내키는 대로 지식을 쌓아갈 수 있는 시기 또한 바로 지금이라고 생각한다. 물론 때에 따라서는 싫증날 때도 있을 것이다. 그럴 때는 이렇게 생각해 봐라.

이것은 내가 거쳐 가지 않으면 안 되는 길, 그리고 한 시간이라도 더 분발하면 그만큼 더 빨리 목적지에 도달하고 그만큼 빨리 자유롭게 될 수 있다고……

하루라도 빨리 자유롭게 되느냐 못 되느냐는 오로지 시간을 어떻게 유용하게 쓰느냐에 달려 있다는 말이다.

자기 발전을 위한 '지나친 노력'은 없다

건강은 절제(節制)만 잘하면 되므로 네 나이 때는 그리 신경을 쓰지 않아도 충분히 유지해 나갈 수 있다. 그러나 두뇌만은 그렇지 않다. 특히 네 나이 때는 언제나 평상시의 마음가짐 — 때에 따라서는 머리를 쉬게 하는 물리적인 방법 등을 포함하여 — 이 필요하다. 그러므로 지금 이 몇 분간을 유용하게 사용하느냐 못 하느냐가 전환점이 되어 그것이 앞으로의 두뇌활동에 큰 영향을 가져다줄 것이다.

그것만이 아니다. 두뇌를 활발하고 건강한 상태로 이끌어 나가기 위해서는 상당한 훈련이 필요하다. 이런 내 말이 믿어지지 않는다면 훈련된 두뇌와 그렇지 않은 두뇌를 비교해 보는 것도 좋을 것이다. 그리고 너도 너의 두뇌를 훈련시키기 위해서 어느 정도 시간을 할애하여 노력해 보면 어떨까를 한번 생각해 보도록 해라.

물론, 훈련 같은 것을 하지 않더라도 자연의 덕분으로 이따금 천재가 나타나는 일도 없지는 않다. 하지만 그런 일은 흔치 않기 때문에 그런 일을 막연히 기대하고 있을 수만은 없는 일이다. 여하튼 간에 그런 천재가 태어났을 경우, 그 천재가 다시 훈련을 받는다면 더욱 위대해질 것은 자명한 일이 아니겠느냐. 그러므로 기회를 놓치지 말고 정신 차려서 착실하게 지식을 쌓도록 할 것이며, 그를 위한 노력을 아끼지 않길 바란다. 그러나 만일 이것을 실천하지 못한다면 너는 장래에 가망성이 없는 사람밖에는 되지 못할 것이다.

여기서 네가 네 자신을 한 번 생각해 봐라. 너에게는 출세의 발판이 될 수 있는 지위나 재산도 없다. 아버지인 나도 언제까지 정계에 머물러 있을지 알 수 없다. 모름지기 네가 어쩔 수 없이 사회인이 될 즈음이면, 내가 퇴직한 후일 것이다. 그럴 경우, 너는 무엇에 의지하고, 무엇을 기대할 것이냐? 자신의 능력 외에는 아무것도 없지 않느냐. 그것만이 출세의 지름길이며, 그 길밖에는 달리 방법이 없지 않느냐.

물론 너에게 능력이 있다고 생각하고 하는 말이긴 하지만 — 나는 우수한 사람인데도 실패했고 아무런 보답도 받지 못하고 있다는 말을 자주 듣고, 책에서 읽기도 했다. 그러나 내가 알고 있는 한 실제로는 그런 일이 없다. 장담하는 말이지만, 어떤 역경에 처해 있든지 진정으로 우수한 사람들은 어느 정도의 성공을 거두기 마련이다.

내 조언에 귀를 기울이길 바란다

'우수한 사람'이란 것은 식견이 있고, 인품이 훌륭한 사람을 뜻한다. 식견이 얼마나 중요한가는 여기서 새삼 말할 필요가 없을 것이다. 굳이 너에게 한마디만 더 한다면 식견을 갖고 있지 못한 사람은 쓸쓸한 인생행로를 걸어갈 수밖에 없다. 지식에 관해서는 여러 차례 말하는 것 같다만, 자기가 어떤 일을 목표로 삼든지 반드시 갖추고 있어야 하는 것이다.

인품이란 앞에서 말한 요소 중에서 첫 번째로 꼽아도 부족함이 없으리라 생각한다. 그러니까 우수한 사람이 되기 위해서는 절대 소홀히 할 수 없는 것이다. 그 사람의 인품 여하에 따라서 식견이 돋보이기도 하고 얄보이기도 하니까 말이다. 다시 말해서 득이 될 수도 있고 손실을 볼 수도 있다는 말이다.

그리고 사람과 잘 지낼 수 있는 비결은, 미안하지만 식견만이 아니라 그 사람의 인품이라고 나는 생각한다. 내가 때때로 써서 보내준 편지, 그리고 앞으로도 써 보낼 편지를 성실한 마음가짐으로 읽어주길 바란다. 편지 속의 말들은 오랜 경험 끝에 내가 찾아낸 지혜의 결집이니까. 그리고 그것은 너에 대한 부정(父情)의 증거이기도 하다. 나는 너 이외의 다른 사람에 대해서는 조금도 조언(助言)하고 싶은 생각이 없다.

너는 내가 너를 위해서 조언해 주는 말의 절반도 너 자신을 위해서 사용하지 못하고 있다. 여하간 지금 너는 나의 충고가 어느 정도로 유용한 것인지를 모르고 있는 듯한데, 잠시 동안은 받아들이기 힘들다고 하더라도 내가 조언해 주는 말대로 따라주길 바란다. 그렇게 하면 언젠가 나의 충고가 쓸데없는 것이 아니었음을 알게 될 날이 올 것이다.

2.

끊임없는 훈련으로
능력을 키워라

노력하지 않으면 이루어지는 일도 없다

태만(怠慢) — 이것에 대해 너에게 말해 주고 싶은 것이 있다.

나의 애정을 너도 잘 알고 있겠지만, 그것은 온후한 어머니의 애정과는 다르다. 그래서 나는 자식에게 결함이 있다고 해서 눈길을 돌리는 그런 짓은 하지 않는다. 오히려 그 반대다. 결함이 생기면 그 원인을 재빨리 찾아낸다. 그것은 어버이로서의 의무이자 책임이라고 생각하기 때문이다.

반면에 아버지로부터 지적당한 점을 고치려고 노력하는 것이 자식으로서 너의 의무이자 권리라고 생각하는데, 네 생각은 어떤지 궁금하다. 다행스럽게도 지금까지 내가 관찰해 온 범위에서는 너의 성격이나 두뇌에 이렇다 할 문제는 없다. 다만 조금 게으르고 태만하다는 것, 주의가 산만하다는 것, 그리고 주변에 무관심하다는 느낌이 든다. 그런 것은 육체적으로나 정신적으로 쇠약해져 있는 노인이라면 몰라도 — 이렇게 말하는 것은 인생의 황혼기를 맞은 노인이라면 평온한 여생을 보내고 싶다고 소원하는 것이 당연한 말이기 때문에 — 젊은 사람들에 겐 절대 허락될 수 없는 일이다.

젊은 사람은 뛰어나게 우수해질 수 있도록 노력해야 하고 공명심을 가지려고 하지 않으면 안 된다. 그리고 무슨 일을 하든지 기민하고 활기차며 끈기 있게 해야 한다.

'시저'도 말했듯이, 뛰어난 행동이 아니면 행동이라고 말할 수 없다. 너는 너 자신에게 용솟음치는 활기가 결여되어 있다고 생각해서도 안 되고, 혹여 그렇다면 고쳐야 한다. 활기가 있음으로써 가까이 있는 사람들을 즐겁게 해줄 수도 있고, 다른 사람보다 출중하게 빛날 수도 있기 때문이다.

다시 말해 두지만, 존경받는 사람이 되고 싶다면 그것을 위해 노력해 라. 노력하지 않으면 절대 존경받는 사람이 될 수 없다. 이것은 진실이 다. 또한 남을 즐겁게 해주겠다는 마음가짐을 갖고 있지 않으면 너 자신도 결코 즐거움을 갖지 못하게 된다는 사실을 기억해라.

사람이란 누구나 뜻을 세우면 그 뜻대로 이루어진다고 나는 생각한 다. 평범한 지식의 힘(知力)을 갖고 있는 사람이라도 능력을 계발하고 집중력을 북돋아주고 부지런히 노력하면, 시인(詩人)은 되지 못한다 하더라도 자신이 하고자 하는 일은 성취시킬 수 있다.

너는 장차 눈이 빙글빙글 돌아갈 정도로 어지러운 사회의 일원이 된다. 따라서 그를 위해 지금 하지 않으면 안 될 일이 무엇인지를 생각 해야 한다. 그것은 세계 각국의 정정(政情), 국가 간의 이해관계, 경제상 황, 역사, 관습 등에 관한 지식을 습득하는 일이다. 이런 일은 평범한 머리를 갖고 있는 사람이라면 조금만 노력해도 정통할 수 있다.

자기 자신이 무엇을 해야 할 것인가를 알고 있으면서도 그것을 하지 않는 것이야말로 바로 태만 그 자체이다.

태만한 사람은 발전이 없다

태만한 사람이란 일을 매듭지으려고 애쓰지 않는 사람을 말한다. 즉 일이 조금 어려워지거나 귀찮아지면 싫증을 느껴 목적을 이루기도 전에 체념해 버리거나 홀가분한 상태로 돌아가서 표면적인 지식만으로 만족해 버리려는 경향을 보인다.

인내하고 노력하지 않는 사람은 멍텅구리이거나 무지한 사람일 수밖에 없다. 이런 사람들은 쉽게 할 수 있는 일도 해보지 않은 채 '할 수 없다.'는 생각부터 하곤 한다. 하지만 어떤 일이든 막상 착수해 보면 안 되는 일은 그리 많지 않다.

그런데 이런 사람들은 '어려운 일 = 불가능'이라고 생각한다. 또한 그런 사람들은 자기 태만의 변명까지 그런 식으로 쉽게 하려 들며, 한 가지 일에 대해서 잠시나마 골치를 썩이는 것조차도 고통스럽게 받아들이는 경향을 보인다. 또한 그들은 어떤 일이든 최초의 그 상태대로 해석해 버린다. 여러 가지 방법으로 생각해 보는 일을 하지 않는다. 다시 말해서 깊이 생각해 보는 일을 하지 않는다는 것이다.

이런 사람이 통찰력이나 집중력을 겸비하고 있는 사람과 대화하면 무지와 태만이 그대로 드러날 뿐 아니라, 뜻을 알 수 없는 답변밖에 할 수 없을 것이다. 그러므로 어떤 일을 할 때는 '어렵다' 또는 '귀찮다'는 생각이 들어도 처음부터 푸념을 늘어놓아서는 안 된다.

그러니 더욱 분발하여, '나도 성인의 한 사람인데 다른 사람이 알고

있는 일을 나도 철저히 알아야 하겠다.'는 마음의 자세를 가져주길
바란다.

전공(專攻) 이외의 지식을 알아두는 것도 중요하다

지식 중에는 어느 특정 직업인에게만 필요하고 그 밖의 사람들에게
는 필요하지 않는 것도 있다. 예를 들어 항해학(航海學)과 같은 것이
아닐까 싶다.

대화 중에 네가 마땅한 질문을 하고 싶으면 네가 알고 있는 지식,
즉 표면적이며 일반적인 지식만으로도 충분하다. 그러나 어떤 분야든
공통적으로 알고 있어야 하는 것은 철저하게 알아두어야만 한다. 그것
은 어학·역사·지리·철학·논리학·수사학(修辭學) 등일 것이다.

하지만 너는 유럽 각국의 정치 형태, 군사, 민사까지도 알아둘 필요
가 있다. 이 광범한 지식 체계를 자기 것으로 만들기는 쉬운 일이 아니
기 때문에 꽤 많은 노력이 필요할 것이다. 하지만 한 가지 한 가지
꾸준히 정립해 나가면 안 될 것도 없다.

이것은 결국 보답으로 나타나게 된다. 되풀이해서 다시 말하지만,
너는 어리석은 사람들이 곧잘 입에 담는 '그런 것은 하지 못한다.'고
하는 그런 이유를 내세워서는 안 되며, 그런 이유를 내세우지 않을
것이라 믿고 있다.

정신적으로나 육체적으로나 안 되는 일이란 없다. '한 가지 일에
대해서 장시간 집중하지 못한다.'고 하는 말은, 즉 '나는 바보이기 때문
에 하고 싶지 않습니다.'라고 하는 말과 같은 것이다.

내가 알고 있는 사람 중에 자기의 칼(劍)을 자기 몸의 어디다 차고

다녀야 할지 모르는 사람이 있는데, 그 사람은 식사 때마다 그것을 풀어놓는다. 이유는 칼을 찬 채로는 식사를 할 수 없다는 것이다.

그래서 나는 이렇게 말하지 않을 수 없었다.

'즉 칼을 풀어놓는 것은, 이 식사 중에 자기 자신에게나 다른 동석자들에게 절대 위험한 일이 일어나지 않는다는 것을 당신이 보증한다는 것을 뜻하는 것이다.'라고.

아무튼 간에 다른 사람들이 예사롭게 하는 일을 '하지 못한다.'고 하는 것은 무척 창피한 일이며, 또한 어리석은 일이라고 생각하지 않느냐?

사소한 일도 소홀히 말고 주의를 기울여라

이 세상에는 하잘것없는 일을 가지고 바쁘게 일하는 사람이 있다. 그들은 무엇이 중요한지를 모르기 때문에 중요한 일에 소비해야 할 시간과 노력을 하잘것없는 일에 쏟고 있는 것이다.

이런 사람은 누군가와 만나서 대화를 해도 복장에만 관심을 가질 뿐 상대의 인격 같은 것에는 신경 쓰지 않는다. 또한 연극을 관람하더라도 내용보다는 무대장치에 더 관심을 쏟는다. 정치에 있어서도 정책 문제보다는 형식에 구애되어 버린다. 이것은 어찌할 수 없는 일이다.

하지만 사소한 일이라도 없다면 많은 사람들에게 호감을 줄 수도 없고 즐거움을 줄 수도 없을 것이라고 말하는 사람도 있다. 이 말은 곧 훌륭한 사람이 되기 위해서는 지식이나 식견을 쌓아야 하고, 훌륭한 태도를 익혀야 한다는 말과 동일한 것이라고 생각한다. 때문에 사소한 일이라도 노력해서 몸에 익히도록 해야 한다. 또한 조금이라도 가치가 있는 것으로 생각되는 것은 훌륭하게 성사시키도록 노력해야 한다.

그리고 일을 훌륭하게 성사시키기 위해서는 무엇보다도 먼저 그런 일에 주의를 기울여야만 한다는 사실을 너에게 일러주고 싶다.

예를 들면 춤이나 의상과 같은 사소한 일에도 신경 써주길 바란다. 춤은, 때와 장소에 따라서 젊은 사람들이 반드시 알아야 하는 일로 여겨지기도 하니까 말이다.

하지만 춤을 배울 때는 규칙을 제대로 배워야 한다. 설사 우스꽝스러운 동작을 취했다고 하여 상대방을 바보 취급해서는 안 되며, 의상 또한 마찬가지다. 사람이라면 누구나 옷을 입어야 하는데, 옷은 단정하게 착용하는 것이 좋다.

눈앞의 사물과 사람에게 정신을 집중해라

보통 주의가 산만하다고 지칭되는 사람은 보편적으로 말해서 지능이 좀 낮은 사람이든가, 아니면 거기에 뜻이 없는 사람이다. 이 두 가지 중에서 어느 것에 해당되든 그것은 즐거운 일이 될 수 없다.

그런 사람들은 모든 면에 있어서 예의에 벗어난 행동을 하기 쉽다. 예를 든다면 어제까지만 해도 친했던 사람인데 오늘은 모르는 척하는 표정을 짓기도 하고, 여러 사람들이 모여서 수다를 떨고 있어도 그 속에 끼어들지 않는다. 그러다가 가끔 생각나면 자기 마음대로 남의 말에 끼어들기도 하는데, 이것은 한 가지 일에 집중하지 못하고 있다는 증거다. 만일 그런 이유가 아니라면 보다 중요한 어떤 일에 마음을 빼앗기고 있기 때문이라고 생각할 수밖에 없다.

아마 '아이작 뉴턴'을 위시하여 천지창조로부터 오늘날까지 출현했던 몇 명 정도의 천재들은 주위에 사람들이 있든 없든 사색에 열중할 수 있는 것이 허락되어 있었던 것 같다. 그러나 그런 면죄증(免罪證)을 갖지 못하고 있는 일반사람들은 그렇게 할 수 없다. 조금이라도 그런 흉내를 내는 사람이 있다면, 멍청이 취급을 받아 결국에는 친구들로부터 소외당하고 말 것이다.

부주의한 사람이나 주의가 산만한 사람과 함께 있을 때 불쾌하게 생각하지 않을 사람은 없을 것으로 생각한다. 그것은 상대를 모욕하는 일과 같기 때문이다. 모욕은 어떤 사람도 용서해 주기 어려운 일이다. 한번 생각해 보길 바란다.

다시 말하지만, 어떤 사람이든 주목할 가치가 있다고 생각되는 사람에 대해서는 자연히 시선이 집중되는 법이다. 그러므로 어떤 경우든 주목할 가치가 없는 상대란 있을 수 없다는 말이다.

내 생각을 말한다면, 상대편에게 마음을 두지 않고 있는 그런 사람과 함께 있는 것보다는 차라리 시신(屍身)과 함께 있는 편이 좋다고 생각한다. 왜냐하면 죽은 사람은 상대를 바보로 만들지 않기 때문이다. 또한 멍청한 사람이 나에게 주목했을 경우, 이미 마음속으로 가치 없는 사람이라고 단언하는 경우가 대부분이다. 정신을 집중시킬 수 없는 사람이 함께 있는 사람들의 인격이나 태도 그 지방의 관습 등을 깔끔하게 관찰할 수 있을지 의문스럽기 때문이다. 아마 그런 사람들은 설사 훌륭한 사람들에게 둘러싸여서 일생을 살아간다 하더라도 무엇 한 가지 제대로 얻는 것 없이 일생을 끝내고 말 것이다.

현재 자기가 해야 할 일 또는 하고 있는 일에 대해서 주의를 기울이지 않는 사람은 훌륭하게 일을 해낼 수 없으며, 좋은 대화(對話)의 상대가 될 수가 없다는 사실을 명심하기 바란다.

'걸리버 여행기'에서 배우는 주의력에 대한 교훈

나는 너의 교육을 위해서는 한 푼도 아끼고 싶지 않지만(경험상 너도 충분히 알고 있을 것이다), 그렇다고 해서 너에게 통례의 주의환기인(注意喚起人)을 고용시켜주고 싶은 생각도 없다. 주의환기인에 대해서는 너도 스위프트의 〈걸리버 여행기〉라는 책에서 읽었을 것이다.

걸리버에 의하면, 라퓨타 사람들 중에는 깊은 사색에 빠져 있는 철학자들이 많은데 그들은 주의환기인에게서 발성기관(發聲器官)이나 청각기관(聽覺器官)에 대한 2차적인 촉감을 받지 않고서는 말을 할 수도 들을 수도 없다고 한다.

그곳 주민들 중에 생활에 여유가 있는 가정에서는 하인의 한 사람으로 그런 사람을 고용하여, 출타는 물론이고 옆집을 방문하거나 산책을 할 때 주의환기인과 함께한다. 또한 주인이 깊은 생각에 빠져 행동하다 어떤 위험에 직면하게 되면, 주의환기인은 즉시 가볍게 눈꺼풀을 만져서 그것을 본인에게 알려준다. 그러지 않으면 언제 벼랑에서 발을 헛디딜지, 언제 기둥에다 머리를 부딪칠지, 언제 개집을 건드릴지 모르기 때문이다.

나는 네가 라퓨타의 사람들처럼 심오한 사색에 빠져 주의가 산만하다고는 생각지 않는다. 다만 쓸데없는 일에 정신을 팔고 있는 쪽이라 생각한다만, 아무튼 간에 지나치게 부주의한 사람이 되어 주의환기인 같은 사람까지 필요한 인간이 되지 않기를 바란다.

사람은 누구든지 자존심을 갖고 있다

주의환기인까지는 필요치 않다 하더라도, 너는 주위 사람에게 마음 쓰는 방법이 부족하다고 생각된다. 내가 이렇게 말하는 것은 네가 주위 사람들을 바보로 대하고 있기 때문이다. 여러 번 말을 하는 것 같다만, 이 세상에는 바보 취급을 해도 괜찮을 사람은 없다.

물론, 바보 같은 사람이나 야무진 데가 없는 사람은 있다. 그런 사람들까지 존경하라고 말하지는 않겠다. 그렇지만 바보 취급을 해서는 안 된다.

노골적으로 바보 취급하는 태도를 취하면 그들 세력에 눌려서 오히려 너의 몸을 망칠 수 있다. 마음속으로 상대를 싫어하는 것은 네 마음 대로 할 수 있지만 필요 없이 표면에까지 드러낼 필요는 없다는 말이다. 그건 비열한 짓밖에 되지 않는다. 오히려 그런 때일수록 현명한 태도를 취해야 한다.

그리고 이런 말을 하는 것은, 그런 사람이라도 언젠가는 너의 힘이 되어줄 그런 때가 올 수도 있기 때문이다. 그러나 그런 힘이 필요한 때에 네가 단 한 번이라도 그 사람을 바보 취급한 일이 있었다면 상대는 절대로 너에게 힘이 되어주지 않을 것이다. 나쁜 짓은 용서해 줄 수 있지만 모욕은 용서해 줄 수 없기 때문이다.

사람에게는 저마다 자존심이라는 것이 있으며, 그 자존심은 바보로 희롱당한 일을 언제까지라도 기억하게 한다. 바보로 희롱당한 일을 자신이 범한 죄 이상으로 숨겨두고 싶어 하면서 말이다. 때문에 자신의 잘못을 친구들에게 말하는 사람은 많아도, 자신이 바보로 희롱당한 일을 말하는 사람은 없다는 사실을 잊지 말아야 한다.

그와 마찬가지로 잘못을 지적해 주는 친구는 있어도, 이쪽의 어리석음을 그대로 말해 주는 사람은 없다. 그것은 자존심을 건드리는 일이라는 것을 알고 있기 때문이다.

그러므로 평생 동안의 적으로 만들고 싶지 않다면 어느 정도 멸시하고 싶은 생각이 들어도 그것을 겉으로 나타내서는 안 된다.

비방의 말 한마디가 평생의 적을 만든다

젊은 사람들에게 흔히 있는 일이지만, 우월감을 표시하기 위해서 또는 주위 사람들을 흐뭇하게 해주기 위해서 사람의 약점이나 단점을 폭로하는 흉내를 낸다. 하지만 이런 일은 절대 해서는 안 되고, 그런 유혹은 이겨내야 한다. 그런 짓을 하면 분명히 그때는 주위 사람들을 흐뭇하게 해줄 수 있을지 모른다.

그러나 그런 일로 해서 너는 평생의 적을 만드는 것이 된다. 그뿐만 아니라, 그 당시 너와 함께 웃던 친구라 해도 후에 생각해 보면 오싹해질 것이 틀림없다. 그리고 결국에는 너를 싫어하고 말 것이다.

그뿐만이 아니다. 그런 것을 한다는 것은 그야말로 천한 짓이다. 마음이 고운 인간이라면 그 사람의 약점이나 불행을 감싸주어야지 공언할 필요가 없다. 만일 너에게 기지(機智)가 있다면 남을 유쾌하게 해주는 일에 신경 쓰길 바란다.

자신의 가치관만으로 세상을 보지 마라

8일자 너의 편지를 잘 받았다. 네가 로마 가톨릭교회에 관해서 바보스럽게 한 말, 그리고 그것을 맹신하고 있는 신도들을 보고 놀랐다는 기분을 잘 알겠다. 하지만 아무리 사고방식이 다르다고 하더라도 본인들이 마음속으로 그렇게 믿고 있는 한, 비웃는다든가 무시하는 일이 있어서는 절대 안 된다.

분별심이 없고 앞을 제대로 내다보지 못하는 사람은 그야말로 불쌍한 사람들이다. 비웃음을 당하는 일이나 무시당하는 일을 해서 그렇다는 것이 아니다.

다만 상냥스러운 기분으로 접하고, 가능하면 대화를 가지고 올바른 방향으로 이끌어주겠다는 그런 마음을 가지는 것이 좋을 것이다. 절대로 비웃거나 무시해서는 안 된다.

인간이란 각자 자기의 생각에 따라서 행동하기 마련이다. 그런데 자기와 똑같은 생각을 갖지 않으면 안 된다고 생각하는 것은, 몸매나

키까지도 똑같지 않으면 안 된다고 하는 것과 같은 오만한 일이다. 사람이란 저마다 자기가 가장 올바르다는 생각을 가지고 살아가고 있다. 그러나 누가 정말 옳은가는 하느님만 알고 있다.

그러므로 자기의 생각과 다르다고 해서 상대방을 바보로 취급하는 것은 우스운 일이며, 자기가 믿는 것과 다르다고 해서 이교도로 취급하여 박해하는 것도 잘못된 일이다. 사람이란 자기가 생각하는 대로 행동하는 것이고, 믿는 대로 따를 수밖에 없는 생명체이다.

우리가 무시해야 할 사람이 있다면, 일부러 거짓말을 하는 사람이나 말을 날조하여 퍼뜨리는 사람이지 종교를 믿는 사람이 아니다.

'한 점 부끄럼 없이 살겠다.'는 마음가짐

대체로 거짓처럼 죄가 크고, 비천하고 바보스러운 일은 없다. 거짓은 적의(敵意)나 두려움 그리고 허영심이 만들어주는 것이지만, 어떤 경우라도 거짓으로 그 목적을 달성하는 일은 매우 적다. 왜냐하면 그 거짓을 제아무리 솜씨 좋게 감추려고 해도 빠르든 늦든 언젠가는 들통 나기 때문이다.

예를 들어, 누군가의 행운이나 인덕(人德)을 질투하여 거짓말을 했다고 하자. 확실히 잠시 동안은 상대에게 상처를 줄 수 있을지 모른다. 그렇지만 가장 괴로운 것은 자기 자신일 것이다. 거짓말이 들통 났을 때(대체적으로 들통 나기 마련이다) 가장 상처를 입는 것은 자기 자신이기 때문이다. 더구나 들통이 난 이후, 그 상대에 대해서 호의적인 말을 한다고 하더라도(어느 정도 그 말이 참된 것이라 해도) 믿어주지 않을 뿐 아니라 그 말도 중상으로 여겨버린다. 이것처럼 손해 보는 일은 다시없을 것이다.

또한, 만일 자기의 언동에 대해 변명을 하거나 명예에 손상을 입은 수치심을 두려워하여 거짓말을 하든가 발뺌을 한다면(거짓말이나 발뺌은 같은 것이다) 얼마 가지 않아 그 사람은 자기의 거짓말과 그 원인 때문에 오히려 명예에 손상을 입고 수치심을 느끼게 될 것이다. 그것은 그 사람이 인간 중에서 가장 저급하고 비열한 자라는 것을 증명해 주는 것과 같은 일이며, 주위 사람들이 그런 눈으로 봐도 어쩔 수 없다.

만일 불행하게 잘못을 범했을 때는 거짓말을 하여 그 잘못을 감추려고 하기보다 정직하게 인정해 버리는 것이 훨씬 깨끗하다. 이렇게 하는 것만이 잘못을 씻는 유일한 방법이며 용서를 청하는 유일한 길이니까 말이다.

잘못이나 곤란함을 감추기 위해서 발뺌을 하든가 얼버무린다든가 속이는 행위는 결과가 좋게 나올 수가 없는 법이다. 그로 인해 그 사람이 무엇에 겁을 내고 있는가를 자연히 알게 되는 것은 물론이고, 아무리 잘못을 감춘다고 하더라도 목적을 이루는 것은 불가능하기 때문이다.

너도 양심이나 명예에 흠을 입지 않고 사회에서 훌륭하게 살아가고 싶다면 거짓말이나 속임수를 쓰는 일 없이 깨끗하게 살아가야 한다. 이것은 너의 생명이 유지되고 있는 한 머릿속에서 기억하길 바란다. 그렇게 하는 것이야말로 인간으로서의 의무이며 자신의 이익이니까 말이다.

너도 알고 있듯이, 어리석은 사람일수록 거짓말을 그럴듯하게 잘한

다. 나도 거짓말을 하는가, 그렇지 않은가로 상대방의 지능 정도를
파악하곤 한단다.

사회라는 거대한 미로의 출발점에 서 있는 너에게

오늘도 역시 인간에 대해서 — 인간의 성격과 태도 — 그러니까 세상에 관한 공부를 하자. 이런 공부는 아무리 나이를 먹더라도 쓸모 있을 만큼 가치 있는 일이다. 특히 네 나이로서는 좀처럼 얻기 힘든 지식이다.

전부터 이상하게 생각하고 있는 일이다만, 그런 인생의 지혜를 젊은 사람에게 전수(傳授)하는 사람은 별로 없다. 모두가 자기의 책임이 아니라고 생각하고 있기 때문이 아닐까 싶다.

학교의 선생이나 교수도 언어나 자기의 전문 분야를 어느 정도 가르칠 뿐, 그 외의 것은 아무것도 교육하지 않는다. 오히려 가르쳐주지 않는다고 말하는 것이 좋을 것이다.

그것은 부모들도 마찬가지다. 가르칠 수가 없는 건지, 일에 쫓겨서 그런 건지, 도대체 가르치려고 하질 않는다. 개중에는 자식을 사회에 내맡겨두는 것이 가장 좋은 교육이라고 생각하는 부모도 없지 않다.

이것은 어떤 의미로는 옳은 일이라 생각한다.

확실히 사회란 이론만 가지고는 알 수가 없다. 실제로 사회에 몸을 담아보지 않으면 모르기 때문이다.

하지만 그에 앞서서 — 젊은 사람들이 미로(迷路)뿐인 땅에 발을 들여놓기 전에 — 거기에 발을 들여놓았던 경험이 있는 사람이 대략적인 지도를 그려서 주는 것이 매우 바람직하다고 나는 생각한다.

몇 가지 장점을 가진 것과 존경받는 것은 다르다

각설하고 본론으로 들어가자. 아무리 훌륭한 사람이라 하더라도 존경을 받으려면 다소 위엄을 갖추지 않으면 안 된다는 이야기다.

야단법석을 떤다, 장난을 친다, 이따금 큰 소리로 바보처럼 웃는다, 농담을 한다, 익살을 떤다, 함부로 사람을 부른다 — 이런 행동은 위엄 있는 태도가 아니다. 이런 행동을 하면 아무리 지식이 풍부하다 하더라도 존경받는 것이 쉽지 않다. 오히려 바보로 취급당하기 십상이다.

쾌활한 것은 좋지만, 쾌활하다고 해서 존경받은 인물은 여태 없었다고 해도 과언이 아니다. 거기다 함부로 사람을 대하면 윗사람을 노하게 할 뿐이고, 그렇지 않을 경우에는 주위 사람들로부터 '남에게 끌려다니는 사람'이니 '조종(操縱)'당하는 사람이니 하는 험담을 듣게 된다. 그리고 신분이나 지위가 낮은 사람을 친구처럼 대접해 주면, 상대가 오해하고 친구로 사귀려 들어 난처해질 수도 있다.

농담만 해도 그렇다. 농담만 하고 있는 사람은 익살꾼과 조금도 다를 바 없다. 사람을 탄복시키는 기지와는 느낌이 다르다. 자기 본래의 성격이나 태도와 관계없이 친구들과 어울리든가 극구 칭찬이나 받는 사람은 절대 존경받지 못한다. 도리어 이용만 당할 뿐이다.

우리는 곧잘 저 사람은 노래를 잘하기 때문에 친구로 삼자고 하거나, 댄스를 잘하기 때문에 무도회로 유혹하자거나, 언제나 농담을 잘해서 즐거우니 식사에 초대하자거나, 또는 그 사람은 게임에 집요할 뿐 아니라 과음까지 하니까 부르지 말자는 등의 말을 하곤 한다.

그러나 이런 말들은 칭찬과는 거리가 멀다. 이것을 뒤집어보면 헐뜯는 것과 다름없다. 특출 나면서도 바보 취급을 당하고 있는 것이다. 즉 정당하게 평가받고 있는 것도 아니며, 존경받는 것도 아니다. 어떤 특정한 이유로 해서 친구들과 어울리는 사람은 그것 이외에는 아무런 존재 가치도 없다는 말과 다름없다.

그러니 네가 시야를 넓히지 않는 한, 너에게 다소의 장점이 있다 하더라도 존경받을 수 없다는 말이다.

항상 듬직한 생활태도를 가져라

그럼 어떤 것이 위엄 있는 태도일까?

위엄 있는 태도는 거만한 태도를 용납하지 않는다. 도리어 상반되는 것이라고 말하는 것이 좋을 것이다. 그것은 '마구 으스대는 것이 용기가 아니고, 농담이 기지가 아닌 것'과 같은 것이다.

거만한 태도처럼 품위를 허락시키는 것은 없다고 해도 과언이 아닐 것이다. 오만한 인간의 자부심은 노여움도 잘 느끼지만 그 이상으로 조소와 멸시도 잘 퍼붓는다. 그것은 상품의 가치에 부합되지 않는 값을 매겨서 팔려고 하는 상인의 모습과 흡사하다. 그런 상인에게는 우리들도 싼값으로 대항하지만, 정당한 가격을 매겨놓고 있는 상인에게는 대항하지 않는다.

위엄 있는 태도란 함부로 자기 잇속만 노리는 것이 아니며 팔방미인처럼 행동해서도 안 된다. 무엇이든 반대로 거역하는 짓을 하는 것도 아니고, 잔소리로 의론(議論)에 대항하는 것도 아니다.

자기의 의견을 사전에 준비해 두었다가 확실하게 말을 하고, 다른 사람의 말을 기분 좋게 듣는 태도가 위엄 있는 태도가 아닐까 싶다.

그리고 위엄은 외면으로도 보여줄 수 있다. 즉 얼굴 표정이나 동작으로 그럴듯한 분위기를 감돌게 하는 것이다. 물론 생생한 기지나 품위 있는 환한 빛이 담겨지면 더욱 바람직하다. 그러나 히죽히죽 웃는 태도나 침착성 없게 몸을 흔들면 아무래도 가벼운 느낌이 들 수밖에 없으므로 주의해야 한다.

아무리 외면으로 위엄을 보여준다 하더라도 언제나 남에게 몰리고만 있던 사람은 용기 있는 사람으로 보이지 않을 것이고, 나쁜 짓을 일삼던 사람도 위엄 있는 사람으로 보이지 않기는 매한가지이다. 하지만 그런 사람이라도 예의 바르고 당당하게 행동하면 몰락하는 속도가 조금은 늦추어질지도 모른다.

말하고 싶은 것은 여러 가지가 있지만, 이 시간 이후로부터는 키케로의 '안내서(Offices)'나 '예의범절 편람(The Decorum)'을 보고 정신 차려서 공부할 일이다. 어떻게 하면 위엄을 가질 수 있는가는 거기에 매우 자세하게 씌어 있다. 될 수 있으면 암기할 정도로 열심히 공부해 주길 바란다.

3.

최고 인생을 위한
마음가짐

오늘 1분을 웃는 사람은 내일의 1초에 운다

부(富)와 재(財)를 제대로 사용하는 사람은 매우 드물다. 그러나 보다 더 드문 것은 시간을 제대로 사용하는 사람이다. 그리고 시간을 제대로 사용하는 쪽이 부나 재를 제대로 사용하는 쪽보다 더 중요하다는 것은 말할 필요가 없다.

나는 네가 이 두 가지를 멋지게 사용하는 능숙한 사람이 되어주길 바란다. 너도 서서히 그런 것을 생각해 볼 나이가 되었다.

젊었을 때는 시간적인 여유가 있기 때문에 그것쯤이야 어느 정도 쓸데없이 써버려도 상관없는 것처럼 생각하기 쉽다. 하지만 그것은, 막대한 재산을 탕진해 버리고 나서 정신을 차렸을 때는 이미 때가 늦어 어떻게 할 수 없는 상태에 빠지는 일과 같다.

윌리엄 3세, 앤 여왕, 조지 1세의 시대에 그 이름을 떨치고 지금은 고인이 된 라운즈 재무장관은 생전에 이런 말을 자주 했었다. '1펜스라고 해서 웃어선 안 된다. 1펜스에 웃는 자는 1펜스에 운다.'고. 이것은 참된 말이라고 생각한다. 라운즈 장관은 스스로 이를 실천했다. 그 결과 두 명의 손자들에게 막대한 재산을 남겨주었다.

이것은 그대로 시간에도 적용되는 말이 아닐까?

1분을 웃는 자는 1초에 울게 된다. 그러므로 10분이든 15분이든 소홀히 하지 않기를 바란다. 10분이나 15분이라고 해서 소홀하게 생각하면 하루에 몇 시간이라도 쓸데없이 허비하게 된다. 그것이 일 년 동안 쌓이면 그것은 조금이 아니다. 엄청난 시간이 된다.

비어 있는 시간을 잘 활용해라

예를 들어 열두 시에 어디서 누구와 만나기로 약속이 되어 있다고 하자. 그래서 너는 열한 시에 집을 나와 약속 장소로 가기에 앞서 두세 명의 집을 방문할 예정이었다. 그런데 그중의 누군가가 부재중이었다. 이때 너는 어떻게 하겠느냐? 찻집에 들어가서 시간을 보내겠느냐?

나라면 그렇게 하지 않는다. 우선 나는 집으로 돌아간다. 집에 도착해서 부재중에 있는 사람에게 편지를 쓸 것이다. 그렇게 하면 다시 약속 장소로 갈 때 그 글을 부재중에 있는 친구네 집 우편함에 넣어둘 수 있기 때문이다.

편지를 다 쓰고 나서도 시간적인 여유가 있을 때는 책을 읽을 것이다. 이 경우에는 시간적인 여유가 많지 않으므로 데카르트나 말부랑시, 뉴턴과 같은 난해한 책은 적당하지 않다. 오히려 호라티우스나 보알로, 와라와 같은 짧으면서도 지적이고 즐거운 것이 좋다고 생각한다.

이렇게 해서 여백의 시간을 유용하게 쓰면 시간을 절약할 수 있다. 이것은 조금도 시간을 지루하게 쓰는 방법이 아니다.

이 세상에는 지루하게 시간을 보내는 사람들이 많다. 커다란 의자에 등을 기대고 앉아 하품이나 해가면서 '뭔가 시작하려면 시간이 좀 부족하고……'라는 등의 말을 한다. 하지만 막상 시간의 여유가 있다 해도 이런 사람은 아무것도 하지 못한다. 결국 아무것도 하지 못한 채 시간만 보내고 만다. 이런 사람을 가리켜서 '딱한 성격의 소유자'라고 밖에 달리 말할 수 없다. 대개 이런 사람들은 면학(勉學)을 하든 일을 하든 간에 크게 성공하지 못한다.

느긋하게 살아간다는 것은 네 나이에는 아직 허락되지 않는다. 내 나이쯤 되면 허락될까……. 말하자면 너는 지금 이 세상에 겨우 얼굴을 내민 정도다. 그러므로 행동으로나 정신적으로나 생각으로나 의지로나 근면하고 끈기 있어야 하는 것이 당연하다.

지금부터 앞으로의 수 년 동안, 어느 정도의 큰 뜻을 세울 수 있는지 한번 생각해 보길 바란다. 그런 생각을 해보고 나면 한순간인들 소홀하게 보내지 못할 것이다.

그렇다고 해서 하루 종일 책상 앞에 앉아 있으라는 말은 아니다. 그런 것은 권하고 싶지도 않고, 바란 적도 없다. 그저 무엇이든 좋으니 뭔가 하고 있는 것이 중요하다는 말이다. 20분쯤이야 또는 30분쯤이야 하면서 멍청하게 지내면 1년 후에는 무척 많은 것을 잃게 되는 것이다.

예를 들면, 하루 중 공부하는 틈틈이 잠깐의 공백시간이 생길 것이다. 그런 때 멍청히 하품이나 하고 있으면 안 된다는 말이다. 어떤 책이라도 좋으니까 가까이에 있는 것을 집어 들고 읽도록 해라. 시시한 이야기책이라도 읽는 것이 읽지 않는 것보다 나을 것이다.

짧은 시간도 최대한 이용해라

내가 아는 사람 중에 시간을 무척 잘 사용하면서 잠시도 헛되게 보내지 않는 사람이 있다. 남의 이야기를 해서 미안하지만, 이 사내는 화장실에 들어가 있는 얼마의 시간까지 유용하게 이용하여 고대 로마 시인의 작품을 조금씩 읽어 마침내 독파했다. 그는 호라티우스를 읽고 싶으면 호라티우스의 시집을 사 가지고 온 후, 그것을 화장실에 갈 때마다 2페이지씩 뜯어가지고 가서 읽은 다음 버리고 왔다고 한다.

이렇게 책 읽기를 되풀이했는데, 대단한 시간 절약이라고 생각되지 않느냐? 너도 한 번 시도해 보면 어떨까 싶다. 별다른 대책도 없이 가만히 있는 것보다는 꽤 좋은 방법이라고 생각되니까 말이다.

만약 네가 그렇게 한다면, 읽지 않으면 안 될 책의 내용이 항상 머릿속에 남아 있게 되지 않을까……. 물론 모든 책이 다 좋다는 것은 아니다. 계속해서 읽지 않으면 이해할 수 없는 과학 계통의 책이나 내용이 어려운 책이 적당하지 않을까 싶다.

그러나 그런 종류의 책이 아니더라도 몇 페이지씩 뜯어 읽어서 의미가 통하는 유익한 책은 수도 없이 많다. 그런 책을 선택해서 읽으면 좋을 듯싶다.

잠깐의 시간이라도 정신을 차려 이렇게 유용하게 이용하면 상당한 것을 얻을 수 있다. 그러나 얼마 안 되는 시간이라 해서 아무것도 하지 않고 있으면 나중에 그 시간을 아까워한들 아무 소용이 없다. 그러므로 일각일각을 뜻있게 사용해 주길 바란다. 아무것도 하지 않고 있는 것보다는, 뭔가 즐거웠다고 생각될 수 있는 그런 방법을 찾아서 시간을 보내는 편이 좋을 테니 말이다.

이것은 어떤 공부에만 한정해서 하는 말은 아니다. 놀이도 때에 따라서는 필요하다는 것을 이미 앞에서 말한 바 있다.

인간은 놀이를 통해 성장하면서 어른이 된다. 또한 놀이는 거드름이나 겉치레를 탈피했을 때 참된 인간의 모습을 가르쳐주기도 한다. 그러니 놀이를 하고 있을 때도 멍청해서는 안 되며, 오로지 집중해서 놀아주길 바란다.

일의 순서에 맞게 계획을 잘 세워라

비즈니스에는 보통 일반 사람들이 생각하고 있는 속임수와 같은 능력이나 특수한 재능이 필요한 것이 아니라, 잘 짜여진 계획과 근면성이 필요하다.

너도 사회인의 한 사람이 되어 첫발을 내딛은 지금, 서둘러서 체계를 세운 다음 진행시켜 나가는 습관을 가져야 할 것이다.

계획을 정한 다음 거기에 따라 일을 밀고 나가는 것이야말로 일을 능률적으로 멋지게 마무리할 수 있는 기본자세다.

그러기 위해서는 모든 일을 하는 데 있어서 — 글을 쓰고 책을 읽고 시간을 할당하는 등 — 순서를 정해야 한다. 그렇게 함으로써 시간을 절약할 수 있고, 일도 그만큼 빨리 진행시켜 나갈 수 있게 되는 것이다.

마라바나 공작을 한번 생각해 봐라. 그 사람은 단 1초도 헛되게 보내지 않았으며, 같은 한 시간 동안에 보통 사람의 몇 배에 달하는 일을 거뜬하게 해치웠다.

그러나 일을 올바르게 하지 못하면 뉴카슬 공작처럼 당황하면서 혼란스러워 하는 모습을 보일 수밖에 없다. 그것은 일에 대한 질서와 계획이 결여되어 있기 때문이다.

수상은 다른 사람들보다 열 배의 일을 더 하고 있었지만 당황해하는 모습을 보인 적이 없다. 그것은 일을 해나가는 순서가 알맞게 정해져 있기 때문이다.

아무리 능력 있는 사람이라 하더라도 순서를 정해 놓지 않고 일을 시작하면 머릿속이 혼란해져 손을 들어야 할 상태에 이르는 경우는 허다하다.

너는 태만한 쪽이다. 지금부터는 태만하지 않도록 노력해 주길 바란다. 내가 하는 말의 뜻을 알아들었다면, 2주일 동안이라도 좋으니 일을 해나가는 방법과 순서를 모색해 보길 바란다. 그렇게 하다 보면 이미 정해 놓은 순서대로 진행해 나가는 것이 얼마나 편리하고 얼마나 좋은 결과를 가져올 수 있는가를 알게 되어, 다음부터는 순서에 따르지 않고서는 아무것도 할 수 없게 될 테니 말이다.

멋지게 놀면서 자신을 발전시켜라

놀이나 오락은 젊은 사람을 좌초시키는 암초와 같은 것이 아닐까?

많은 돛을 풍향에 맞춰서 즐거운 마음으로 출범(出帆)한 것까지는 좋으나, 정신을 차리고 보니 방향을 찾을 수 있는 나침반도 없는가 하면 키를 잡는 데 필요한 지식도 가진 것이 없다……. 이래서는 목적지인 참된 즐거움이 있는 곳까지 당도할 수 없을 것이다. 결국 불명예스러운 상처를 입은 채 비틀거리며 항구로 다시 돌아올 수밖에 없다.

이렇게 쓰면 자칫 오해할지도 모르겠지만 즐거움을 몹시 싫어하는 금욕주의자도 아니며, 목사처럼 쾌락에 빠져서는 안 된다고 설교하는 사람도 아니다. 오히려 쾌락주의자에 가까우며, 여러 가지 놀이를 일부러 보여주어 많이 놀라게도 해주고 격려도 해주고 싶다.

이것은 진심이다. 많이 놀기를 바란다. 다만 나는 네가 잘못된 항로로 진입하지 않도록 바로잡아주고 도와주고 싶은 마음뿐이다.

너는 어떤 것에서 즐거움을 찾고 있느냐? 뜻이 맞는 친구들과 함께 돈을 걸고 트럼프 놀이를 하는 데서? 명랑하고 품위 있는 사람들과 식탁에 둘러앉아서 식사하는 일에서? 시(詩), 아니면 어떤 깨우침을 받을 수 있는 사람들을 찾기 위해서 노력하는 일에서……?

이 아버지를 친구로 생각하고, 무엇이든 마음에 묻어두지 말고 물어 봐 주길 바란다.

나는 너의 즐거움을 하나하나 평가하는 일 따위는 하고 싶지 않다. 오히려 인생의 안내인으로서 놀이에도 중개 역할을 하고 싶을 뿐이다.

젊은이가 빠지기 쉬운 놀이의 함정

젊은이들은 자칫 자기의 기호(嗜好)와는 관계없이 형상만으로 즐거움을 선택하는 경우가 많다. 극단적인 경우에는 절제(節制) 없는 행동이 놀이의 참된 스타일이라고 잘못 알고 있는 사람까지 있다.

너라고 해서 예외는 아닐 것이다. 예를 들면 술[酒]. — 술이란 심신에 나쁜 영향을 가져다주는 것이 사실이나 훌륭한 놀이이다. 너도 그렇게 생각하고 있는지 모르겠다. 도박도 자주 하면 몇 번이고 지는 수도 있고, 때에 따라서는 무일푼이 되어 거친 태도를 취할 때도 있다. 하지만 여하간 재미있는 놀이의 하나가 아니냐! 여자의 꽁무니를 따라다니다가 재수가 없어 코를 다치거나 매를 맞는 경우도 있다. 하지만 그 정도는 대수롭지 않은 일일 수도 있지 않느냐?

너도 알고 있겠지만, 지금 내가 예로 든 것들은 그 어느 것도 다 시시한 놀이들이다. 그런데 그 시시한 놀이가 많은 젊은이들의 마음을 사로잡고 있다. 그들은 한 번 깊이 생각해 보지도 않고 다른 사람들이 오락이라고 하는 것을 그대로 받아들이고 있기 때문이다.

네 나이 때에 놀이에 열중한다는 것은 지극히 당연한 일이고, 노는 모습도 보기 좋다. 하지만 젊기 때문에 대상을 잘못 택하기도 하고, 잘못된 방향으로 나아가는 위험에 봉착하기도 한다. 소위 '난봉꾼'의 길을 가는 젊은 사람들이 많은데, 그들은 거기에 푹 빠지고 나서야 자기가 가고 있는 곳이 어디인지 알게 된다. 하지만 그 사실을 알게 되었을 땐 절제 없는 행동을 되풀이하며 이미 체념한 상태에 빠진 경우가 적지 않은 것 같다.

옛날이야기이긴 하지만 적절한 예가 한 가지 있다. 훌륭한 건달이 되어보겠다는 생각을 가진 한 젊은이가 몰리에르 원작의 번역극인 '몰락한 방랑자'를 보러 갔다. 주인공이 방랑하는 모습을 보고 감동한 이 젊은이는 자기도 몰락한 방랑자가 되어보겠다고 결심했다. 그러자 친구 몇 사람이 몰락까지는 하지 말고 방랑자만으로 만족하는 것이 좋지 않겠느냐고 설득했다. 하지만 아무런 효과도 없었다. 오히려 그는 쾌활한 목소리로 이렇게 말했다고 한다.

"안 돼, 안 돼. 방랑자만으로는 안 돼. 몰락이 뒤따르지 않으면 완전치가 못해."

'이렇게 무모할 수가……?' 하고 생각할지도 모르지만, 실은 이것이 많은 젊은이들의 현실이다.

겉모습에만 사로잡혀 자신이 무슨 짓을 하는지 생각해 보지도 않고 쉽게 뛰어든다. 그러다가 마지막에 가서는 정말 몰락하고 마는 것이다.

놀이에도 나름대로의 목적을 가져라

자세히 말하고 싶지는 않다만, 너의 인생에 참고가 될지도 모르기 때문에 부끄러움을 무릅쓰고 나 자신의 체험담을 말하겠다.

나도 내 마음과는 관계없이 '난봉꾼'이라는 것에서 어떤 가치를 찾아낸 어리석은 사람 중 하나다. 그렇게 어리석었던 나는 난봉꾼으로 보이기 위해서 원래 좋아하지도 않았던 술을 일부러 마셨고, 마시고는 술이 받지 않아 이틀 동안이나 취해 있었으며, 깨어나서는 또 마셔대는 악순환을 연일 반복했었다.

도박도 그런 기분에서 했다. 돈에는 구애받지 않았기 때문에 돈이 탐나서 도박한 일은 한 번도 없었지만, 할 줄 아는 것을 신사의 필수 조건이라 생각했다. 원래 그것을 좋아하는 성격도 아니었는데, 신사처럼 보이려고 무턱대고 뛰어들어 내 인생의 황금기였던 30년간을 도박판에 끌려 다니면서 허송했다. 참된 즐거움을 헛되게 만든 것이다.

겉모습이라도 동경 받는 인간상에 가까워지기 위해서 한 것이었는데, 이제 와서 생각해 보면 너무나도 부끄럽기만 하다.

그러나 나는 그런 어리석은 행동을 일체 그만두었다. 왜냐하면 꺼림칙한 느낌과 역겨운 기분을 견딜 수 없었기 때문이다.

그처럼 일종의 유행병에 감염되어 형식뿐인 놀이에 빠졌던 나는 그 대가로서 참된 즐거움을 빼앗기고 말았다. 그리고 재산도 줄었고 건강도 해쳤다. 이 모두가 하늘에서 내린 벌이라고 생각하고 있다.

나의 어리석었던 체험담에서 무엇인가 느끼는 것이 있기를 바라면서, 너만은 네 자신의 즐거움을 스스로 선택해 주길 바란다.

하지만 너무 놀이에만 빠져서는 안 된다. 다른 사람들이 그런다고 해서 너도 그렇게 할 필요는 없다. 자기 일은 자기가 생각해 볼 일이다.

우선 네가 지금 즐기고 있는 놀이가 어떤 것들인지 하나하나 생각해 보면서 어떤 놀이를 계속하는 것이 좋을지를 한번 체크해 보길 바란다. 그리고 나서 계속할 것인가의 여부는 네 판단에 맡기겠다.

'즐거워 보이는 것'과 '정말 즐거운 것'을 분별하는 눈

만일 나에게 너와 같은 나이로 돌아가는 기회가 주어진다면, 어떤 일이 하고 싶을까?

정말 그런 기회가 주어진다면, 즐거워 보이는 것이 아니고 정말로 즐거운 것만 골라 할 것이다.

그중에는 물론 친구와 식사를 하거나 와인을 마시는 일 따위도 포함된다. 과식을 하든가 과음을 하여 고통당하지 않을 정도로 말이다.

스무 살이라고 하면, 굳이 다른 사람에게까지 관심을 가질 필요는 없다. 일부러 자기만의 규칙을 강요한다든가 상대를 비난하지 않으면, 미움 받을 일도 없다. 타인은 그가 좋을 대로 하게 내버려두면 된다.

그러나 자기의 건강에 관해서만은 깔끔하게 조종할 줄 알아야 한다. 자기 건강에 관해서 관심을 갖지 않는 사람은 어찌 해볼 도리가 없지 않겠느냐.

그리고 도박도 하고 싶으면 하겠지만, 괴로움을 당하기 위해서가 아니고 즐거움을 갖기 위해서이다. 적은 돈을 걸고 여러 종류의 친구들과 함께 즐거움을 갖는 정도면 어떨까 싶다. 그렇게 함으로써 환경에 순응해 보는 것도 매우 중요한 일일 테니 말이다. 그러나 판돈만은 신중해야 한다. 돈을 따든 잃든 생활에 변화가 없을 정도로, 다시 말해서 약간의 생활비를 줄이는 정도의 범위 내에서 해야 한다. 물론, 도박으로 이성을 잃고 싸움질을 하는 따위의 짓은 여기서 논할 가치조차 없지만 말이다. 도박판에서 자주 싸움질이 벌어지고 있다는 것은 세간에 나도는 말로 충분히 알고 있다.

그리고 독서에 시간을 할애할 것이다. 또 분별 있는 교양인들의 모임에도 참여할 것이다. 그 상대는 가능한 한 자신보다 나은 사람이 좋을 것이다.

또한 남녀를 불문하고 일반 사교계의 사람들과도 자주 사귐을 갖도록 할 것이다. 대화 내용은 그다지 알차지 못하더라도 함께 있으면 기분이 좋아지고 활기가 생길 것이다. 그뿐 아니라 사람을 대하는 태도 등 배울 점도 많을 것이다.

한 번 더 네 나이가 되어 내 인생을 살아갈 수 있다면, 나는 지금 이 편지에 쓴 것 같은 즐거움을 누려보고 싶다. 그 어느 것이나 다 분별 있는 것이라고 생각되지 않느냐?

참된 즐거움을 알고 있는 사람은 방탕에 빠지는 일이 없다. 오로지 그것을 알지 못하는 사람들만이 방탕을 참된 즐거움으로 생각하는 것이다.

그 증거로 만취해 걸음걸이조차 온전치 못한 사람과 친구가 되고 싶은 사람이 양식 있는 사람 중에 있을까? 지불할 능력도 없는 많은 돈을 도박판에서 잃고 머리카락을 쥐어뜯으며 상대방을 천한 말로 욕하는 사람을 상대하고 싶은 사람이 있을까? 방탕 끝에 코가 반 이상이나 빠져서 휘청거리는 사람과 사이좋게 지내겠다고 생각하는 사람이 있을까?

있을 리 없다. 방탕으로 중심을 잃고 있으면서도 자만까지 하고 있는 사람을 양식 있는 사람들이 받아줄 리 없다. 설사 받아준다 하더라도 유쾌하게 맞아줄 리 없을 것이다.

　진짜 놀 줄 아는 사람은 품위를 잃는 일이 없다. 적어도 악덕(惡德)을 본보기로 삼거나 그것을 본뜨는 일은 없다. 만일 불행에 처하여 부덕(不德)한 행위를 하지 않을 수 없는 경우라 하더라도, 대상을 골라서 다른 사람들이 모르게끔 해버리고 말 것이다. 일부러 고약한 짓을 하지 않는다는 말이다.

일의 즐거움을 아는 사람이 놀기도 잘한다

논다는 것은 매우 좋은 일이다. 그러나 자기의 놀이가 어떤 것인가를 알고 즐겨야 한다. 무턱대고 다른 사람의 흉내를 내서는 안 된다. 그것은 너 자신에게 물어볼 일이다. 무엇이 정말 즐거운 것인지 묻고 나서 즐겁다고 생각되는 것을 하면 된다.

곧잘 아무 데나 손을 대려고 하는 사람이 있지만, 그런 사람은 어떤 기쁨도 누릴 수 없다. 열심히 일에 몰두하여 거기서 기쁨을 느낄 수 있는 것이다.

이런 점에서 볼 때, 고대 아테네 장군 아르키비아데스는 합격이라고 생각한다. 그는 분명히 부끄럼을 모르는 방탕생활을 하면서도 철학이나 일에는 어김없이 시간을 할애했었다.

줄리어스 시저도 일과 놀이에 시간을 균등하게 할애했기 때문에 상승효과까지 얻었다고 생각되는 한 사람이다. 로마 여성들의 불의밀통(不義密通)의 상대라고 일컬어졌던 시저였으나 훌륭하게 학자로서의 지위를 구축했으며, 변사(辯士)로서도 일류였다. 뿐만 아니라 지도자로서의 실력에 이르러서는 로마 첫째라고까지 말하지 않느냐. 놀이밖에 모르는 인생은 탐탁치도 않고 아무런 멋도 없다.

매일 열심히 일에 종사함으로써 마음도 몸도 놀이를 진심으로 즐길수 있다. 뭉실뭉실한 대식가나 핼쑥한 얼굴의 술고래, 혈색이 좋지않은 호색가는 자신이 하고 있는 일을 진심으로 즐기지 못하고 있는것이다. 이들은 거짓 신(神)에게 자신의 정신과 육체를 두 손으로 바치는 것과 다름없다.

정신적인 수준이 낮은 생활을 하고 있는 사람은 쾌락만을 추구하고품위 없는 놀이에 열중하는 경우가 많다. 반면에 정신적인 수준이 높은사람들, 즉 좋은 친구들과 어울리고 있는 사람들은 아무렇지도 않은놀이, 세련되고 위험이 없으며 조금도 품위를 잃지 않는 놀이에 흥미를갖기 마련이다.

양식이 있는 훌륭한 인간은 놀이가 목적이 되어서는 안 된다는 것을알고 있으며, 또한 놀이를 목적으로 삼지 않는다.

그들은 이렇게 알고 있는 것이다. 즉 놀이란 것은 단순히 마음을편하게 하기 위해 위로를 받는 것에 불과하다고⋯⋯.

낮에는 책에서 배우고, 저녁에는 사람에게 배워라

여기서도 일과 놀이에 관한 말이다마는, 이것은 확실하게 시간을구분해 두는 편이 좋다. 공부나 일, 지식인이나 명사와 자리를 같이하거니 대화를 가져야 하는 일 등은 아침이 좋을 거라고 생각한다. 하지만 일단 저녁식사 테이블에 앉으면 그때부터 포근한 마음을 갖는 것이 좋다. 어지간히 긴장할 일이 없는 한 좋아하는 것을 하며 즐기는 것도 좋고, 마음 맞는 친구와 카드놀이를 하는 것도 좋을 것이다. 절도 있는 사람들과 같이 어울린다면 온화하고 즐거운 게임이 될 것이다. 만일 잘못된 일이 있더라도 싸움을 하는 등의 일은 없을 것이다.

연극도 좋고, 콘서트도 좋다. 댄스나 식사도 좋고, 즐거운 친구들과 대화를 갖는 것도 좋다. 이런 분위기라면 만족스럽게 밤샘도 할 수 있을 것이다. 물론, 매력적인 부인에게 깊은 한숨을 내쉬며 뜨거운 시선을 보내는 사람이 많아도 괜찮다. 하지만 상대방이 너의 품위를 떨어뜨리는 사람이거나 너를 파멸시키려고 하는 인물과는 만나지 않기를 바란다.

지금 내가 쓴 내용들은 정말 분별이 있는 사람, 그리고 놀이의 참뜻을 알고 있는 사람들이 즐기는 방법이다.

이처럼 아침에는 공부, 밤에는 놀이를 갖되 분명하게 시간을 구분해야 한다. 놀이도 자신의 것만을 선택하면 너도 훌륭한 사회인으로 인정받게 될 것이다.

오전 중에 정신을 집중하여 일 년 동안 착실히 공부하면 연말에 가서는 상당한 지식을 얻게 될 것이다. 그리고 저녁에 친구들과 건전하게 교제하면 너에게 또 하나의 지식 — 세상에 대한 지식 — 도 얻게 될 것이다. 아침에는 책 속에서 배우고 저녁에는 사람에게서 배우는 일을 실천하게 되면 한가하게 있을 시간이 없을 것이다.

나도 젊었을 때는 참으로 잘 놀고 여러 사람들을 많이 만났다. 나처럼 그런 일에 시간과 노력을 소모한 사람도 그다지 많지 않을 것으로 생각한다. 때에 따라서는 정도를 넘을 때도 있었다. 그러나 어떻게 해서라도 공부할 수 있는 시간만은 확보했다. 만일 그런 시간이 없을 때는 수면 시간을 줄였다. 그리고 전날 밤에 아무리 늦게 취침을 했더라도 다음 날 아침에는 반드시 일찍 일어났다. 이것만은 철저하게 지켜 나왔다. 병상에 누워 있을 때를 제외하고는 지금까지 40년 이상 그 습관을 계속해 오고 있다.

이것으로서 너도 아버지가 놀이 같은 것은 절대 안 된다고 완고하게 막는 그런 아버지가 아니라는 것을 알았으리라고 생각한다. 그렇다고 나는 너에게 나와 같은 사고방식을 가져줄 것을 바라지는 않는다.

이렇게 말을 하고 보니, 아버지의 입장에서보다는 친구로서 충고를 해준 느낌이 든다.

한 가지 일에 열중하는 것이 중요하다

어제 하트 씨로부터 네가 매사에 잘하고 있다는 내용의 편지를 받았다. 내가 얼마나 기뻐했을지 짐작하리라 생각한다. 하지만 만일 네 자신이 나의 충실감(充實感)이나 기쁨을 반(半)이나마 느끼고 있다면 내 충고가 더 이상 필요치 않을 것 같다. 왜냐하면 네가 만족감이나 자부심을 가지고 있다면 스스로 면학을 서두를 것이라고 생각하기 때문이다.

하트 씨의 편지를 읽다보니, 네가 면학에 성의를 다하고 있다는 생각이 든다. 공부하는 태도도 갖춰져 있고, 이해력도 뛰어나고 그와 함께 응용력도 발달되어 있다고 하더구나.

이제 여기까지 이르렀으니, 이후에는 즐거움을 느낄 것이다. 그리고 그 즐거움은 노력하면 할수록 더욱 커진다는 것도 깨닫게 되리라 믿는다.

초인적으로 일을 해낸 위트 씨의 집중력

여러 번 되풀이해서 말하는 것이라 너도 이미 알고 있으리라 생각한 다만, 무엇인가 할 때에는 그것이 무엇이든 간에 거기에만 집중해야 한다. 그 이외의 것을 생각해서는 안 된다.

이것은 공부에만 한해서 하는 말이 아니라 놀이에 있어서도 마찬가 지다. 그러므로 놀이든 공부든 같은 마음으로 해주길 바란다. 그 어느 쪽에도 열중하지 못하는 사람은 어느 쪽에서도 발전할 수 없고, 어느 쪽에서도 만족감을 얻지 못할 것이다. 그때그때의 대상물에 마음을 집중할 수 없는 사람이나 하지 못하는 사람, 그 이외의 일을 머릿속에 서 떨쳐버릴 수 없는 사람이나 떨쳐버리지 않는 사람들은 일도 제대로 하지 못하고 놀이도 남보다 잘하지 못할 것이다.

만약 파티나 회식 장소에서 누군가가 머릿속으로 새로운 기하학 문제를 풀어보려고 애를 쓴다면, 주변에 있는 사람들이 어떻게 생각할 지 상상해 봐라. 그런 사람은 함께 있어도 전혀 즐겁지 않고, 유난히 초라하게 보일 것이다. 혹은 서재에서 수학 문제를 한창 풀고 있는데, 미뉴에트의 음악이 머리에 떠올라 방해받고 있는 사람을 한번 생각해 보길 바란다. 그 사람은 분명히 훌륭한 수학자는 되지 못할 것이다.

한 번에 한 가지 일만 하면 많은 여유가 생겨 하루 동안에도 여러 가지 일을 할 수가 있다. 그러나 한 번에 두 가지 일을 하면 일 년이라도 시간은 부족하다.

법률고문 고(故) 위트 씨는 국사(國事)를 혼자서 도맡아 처리해 나갔 지만, 밤에는 모임에 나가 여러 사람들과 어울리는 것을 즐겼다고 알려 져 있다. 어느 날 누군가가 '그렇게 많은 일을 하면서, 밤마다 시간을 내어 놀이에 나올 수 있는 비결이 무엇이냐?'고 질문하자, 위트 씨는 이렇게 대답했다고 한다.

"비결이라고 할 것은 없고, 나는 언제나 한 순간에 한 가지 일만 한다. 그리고 오늘 할 수 있는 일을 절대 내일로 미루지 않는다."

다른 일에 정신을 분산시키지 않고 한 가지 일에만 확실하게 집중시킬 수 있는 위트 씨의 능력은 참으로 대단하다고 생각한다. 이런 능력을 가진 사람이야말로 진정한 천재가 아닐까 싶다. 반대로, 침착성 없이 들썩들썩하며 집중하지 못하는 사람은 스스로가 보잘것없는 인간이란 사실을 증명하는 것이라고 생각한다.

매일 '오늘은 이 정도의 일을 했다.'고 말할 수 있는가?

이 세상에는, 하루 종일 바쁘게 시간을 보냈는데도 취침 전에 생각해 보면 뚜렷하게 기억나는 일을 하지 못했다고 하는 사람이 많다.

이런 사람들은 대개 두세 시간 독서를 한다 해도 눈이 글자 위를 더듬고 있을 뿐이지 내용을 머릿속에 담지 못하는 일이 많다. 그래서 책을 읽고 난 뒤에, 무엇을 읽었는지 생각해 보아도 생각나는 것이 아무것도 없고 내용을 말하지도 못한다. 친구와 만나 대화를 할 때도 그와 마찬가지여서, 자기 자신이 대화를 적극적으로 이끌어나가는 일이 없다. 그러니까 당연히 대화를 나누고 있는 상대방을 관찰하는 일도 없고, 대화의 내용을 착실하게 파악하지도 못한다.

이런 사람들은 대화 내용에 관심이 없기 때문에 딴생각을 하고 있는 것이다. 아니, 전혀 아무것도 생각하지 않는다고 말하는 것이 옳을지도 모르겠다. 그래서 그들은 반문을 하면 '지금 잠깐 깜빡하고 있었기 때문에…….' 또는 '다른 일에 신경을 좀 쓰고 있었기 때문에…….' 등의 거짓말로써 체면을 유지하려 든다. 이런 사람은 극장에 가도 가장 중요한 연극은 보지 않고 함께 간 사람이나 조명에만 신경을 쓴다.

너는 그런 일이 없도록 해야 한다. 사람을 만나고 있을 때도 공부할 때와 마찬가지로 집중하기를 바란다. 공부를 할 때는 읽고 있는 책에 관심을 집중하면서 그 내용만을 생각토록 해야 할 것이다. 그리고 사람과 만나고 있을 때는 보는 것이나 듣는 것에 모든 관심을 경주해야 한다. 이것이 중요하다.

그리고 네 주변의 어리석은 사람들이 흔히 하는 그런 투로 말을 해서는 안 된다. 즉 너는 네 앞에서 일러준 말이나 있었던 어떤 일에 대해서 '다른 것을 생각하느라고 잘 듣질 못했습니다.' 또는 '똑똑히 보질 못했습니다.' 하는 식의 말을 해서는 절대 안 된다.

왜 다른 것을 생각하고 있었는가? 다른 것을 생각해야 할 정도라면 왜 왔단 말인가? 굳이 올 필요가 없지 않았는가.

결국 이런 부류의 사람들은 '다른 것을' 생각하고 있던 것이 아니라 텅 빈 머리를 갖고 있기 때문이다. 이런 사람은 놀이에도 집중하지 못하고 일에도 집중하지 못한다. 정신이 흩어져서 일을 하지 못할 바에는 노는 것이 나을 텐데 그마저도 제대로 하지 못한다. 놀고 있어야만 기운을 돋울 수 있다면 노는 것이 더욱 좋은 일이겠지만 그것도 하지 않는다.

이런 사람은 노는 친구들과 함께 있으면 자기도 놀고 있는 것으로 착각하고, 완성하기까지는 아직 일이 남아 있는데도 자기는 일을 다 한 것이라고 착각하기 일쑤다.

무슨 일이든 일단 시작하면 열심히 하지 않으면 안 된다. 도중에 그만둘 일이라면 애당초 시작하지 않는 것이 좋다. 중요한 것은, 자기가 하고 있는 일에 대해서 집중하는 일이다.

일은 할 가치가 있는가, 없는가의 두 가지가 있을 뿐 중간이란 있을 수 없다. 일단 하기로 결심했다면 그것이 무엇이든 눈과 귀를 집중해야 한다. 상대방의 말을 들을 때는 한마디도 놓치지 말고 다 들어야 하고, 눈앞에서 일어나고 있는 일은 정신을 차려서 놓치는 것 없이 다 본다는 의지가 무엇보다도 중요하다.

호라티우스를 읽을 때는 씌어져 있는 내용이 옳은지 아닌지를 생각해 가면서 읽고, 책 속에 담긴 대단한 표현이나 시의 아름다움에 도취할 수 있어야 한다.

또한 책을 읽는 동안에는 절대 다른 작품을 생각해서는 안 되고, 그런 책을 읽고 있을 때는 샹 제르망 부인의 일을 생각해서도 안 된다. 아울러 샹제르망 부인과 잡담을 할 때는 책의 내용 같은 것을 생각해서는 안 된다.

1원으로 일생의 지혜를 얻는 방법

너도 서서히 어른들을 친구로 삼을 때가 되었다. 참으로 좋은 때라 생각되어, 앞으로 너에게 어느 정도의 돈을 송금해 줄 것인지를 지금부터 설명하려 한다. 그래야만 너도 계획을 쉽게 세울 수 있을 테니 말이다.

나는 네가 공부하는 데 드는 돈과 대인관계에 필요한 돈을 한 푼도 아끼지 않을 생각이다. 공부를 하는 데 드는 돈이란 필요한 책을 사는 돈, 그리고 우수한 선생에게 사사 받는 데 드는 돈을 말한다. 그중에는 여행에서 훌륭한 사람들과 대인관계를 맺기 위한 비용 — 예를 들면 숙식비, 교통비, 의복과 장식비, 사용인의 고용인 등이 포함될 것이다.

대인관계에 필요한 돈이란, 물론 지적인 사람으로 살아가는 데 필요한 비용을 뜻한다. 예를 들면 불쌍한 사람들을 위한 자선 비용(그런 명목으로 사치를 해서는 안 된다) 같은 것도 포함된다. 신세를 진 사람들에 대한 인사치레, 앞으로 신세를 지게 될 사람들에게 선물하는 데 필요한 비용도 포함된다. 그 밖에도 적절한 대인관계를 유지하려면 비용 — 무엇을 관람하러 가는 데 필요한 비용이나 놀이의 비용, 활이나 총을 쏘는 게임에 드는 비용, 이 밖의 돌발적인 비용 — 이 필요할 것이다. 하지만 쓸데없는 싸움질 때문에 들어가는 돈이나 태만하게 시간을 보내는 데 쓰이는 돈은 절대로 내줄 수 없다는 것을 말해 둔다.

현명한 사람은 자기 명예를 손상시키는 일에는 절대로 돈을 사용하지 않는다. 그런 돈은 어리석은 사람들만 쓴다.

현명한 사람은 돈과 시간을 동등하게 생각하고 무리 없이 사용할 뿐 아니라, 쓸모없는 일에는 한 푼도 쓰지 않는다. 그들은 자기 자신과 다른 사람들에게 유용하면서 지적(知的)인 기쁨을 얻을 수 있는 일에만 사용한다. 여기서 어리석은 사람과 그렇지 않은 사람이 구별된다.

즉 어리석은 사람은 필요하지 않는 데는 돈을 아무렇지 않게 쓰지만 정작 필요한 데는 쓰지 않는다. 예를 들면 상점에 흔하게 진열되어 있는 코담배 케이스나 시계, 그리고 지팡이 손잡이 같은 시시한 물건에 현혹된 나머지 파멸의 길을 걷는 사람이 많다는 말이다.

무슨 말이냐 하면, 상점 주인이나 점원은 상대가 어떤 사람이라는 것을 알고 있기 때문에 허영심을 부추겨서 그런 물건을 사게 하려고 애를 쓴다. 그런데 나중에 보면 주변에 시시한 잡동사니만 넘쳐나고 진작 필요한 물건은 하나도 사지 못했다고 하는 것과 같다.

현명한 '금전 철학'은 빨리 익힐수록 좋다

돈이라는 것은 아무리 많아도, 금전 철학(金錢哲學)을 가지고 세심하게 계획을 세워 사용하지 않으면 필요한 최소한의 물건조차도 살 수 없게 된다. 이와 반대로 돈이 별로 없어도 자기 나름대로의 금전 철학을 가지고 주의하여 사용하면 최소한의 것에는 만족하게 쓸 수 있다.

요는 돈의 지불 방법인데, 될 수 있는 한 현금으로 지불하는 것이 좋다. 그것도 타인을 통해서가 아니라 자신이 직접 지불하는 것이 좋다. 왜냐하면 타인은 수수료나 사례와 같은 것을 요구하기 때문이다. 하는 수 없이 외상값을 지불해야 할 경우에는 (술집이나 세탁소 등) 매월 반드시 자기 손으로 지불하는 것이 좋다.

그리고 물건을 사는 일이지만, 값이 싸다는 이유만으로 사는 일은 없도록 해야 한다. 그것은 절약도 아무것도 아니기 때문이다. 이와 반대로 갖고 싶지도 않은데 값이 비싸다는 이유만으로 — 결국 자존심을 만족시키기 위해서 — 물건을 사는 것도 좋은 일이 아니다.

또한 자기가 산 물건과 지불한 대금은 노트에 기록해 두는 것이 좋다. 돈의 입출금 내역을 파악하고 있으면 파탄하는 일이 없다. 그렇다고는 하지만 교통비나 오페라 관람을 하러 가서 쓴 100원, 200원까지 기록해 둘 필요는 없다. 그런 것까지 기록할 경우에는 시간만 낭비할 뿐 아니라 잉크 값까지 든다. 그런 자세한 것은 따분한 수전노나 하는 짓이다.

이것은 가계(家計)에 한한 것이 아니고 모든 면에 다 해당되는 말이다. 무슨 일이든지 가치 있는 것에만 관심을 갖는 것이 중요하다. 쓸모 없는 일에 관심을 가질 필요가 없다는 말이다.

정말 중요한 것은 의외로 가까운 곳에 있다

일반적으로 현명한 사람은 물체를 실물(實物)로 포착할 수 있다. 그러나 어리석은 사람은 그것이 안 된다. 마치 현미경이라도 들여다보듯이 무엇이든 크게 보이기 때문이다. 이(蝨)가 마치 코끼리처럼 보인다는 말이다. 작은 것이 크게 보이는 것까지는 그렇다 쳐도, 최악은 큰 것이 지나치게 확대되어 보지 못하는 경우가 생긴다는 것이다.

얼마 되지 않는 돈을 가지고 인색하게 굴다가 그것 때문에 싸움까지 하는 사람들은 자기가 왜 수전노로 불리는지를 알지 못한다. 그런 사람은 자기 자신에 대해서도 부당한 짓을 하고 있는데도 그것을 깨닫지 못한다. 수입 이상의 생활을 바라기 때문에 자기 손이 미치는 범위 내에 있는 '중요한 것'을 보지 못하는 것이다.

오해를 두려워하지 않고 말을 한다면, 무슨 일이든 그 사람의 분수에 맞게 살아야 한다는 말이다. 건전하고 강고(强固)한 정신을 가진 사람은 어디까지가 손이 미치는 범위이고 어디서부터 손이 미치지 않는 범위인지를 알고 있다. 그런데 그 경계선이라는 것이 매우 가늘기 때문에 분별 있는 사람이 눈을 크게 뜨고 찾는다면 겨우 보일 수 있을지 모르나, 됨됨이가 촌스럽고 천한 사람의 눈에는 쉽사리 보이지 않는 법이다.

너에게도 자기의 손이 미칠 수 있는 범위와 미치지 못하는 범위를 알 수 있을 정도의 분별은 있을 거라고 생각한다. 경계선에는 항상 유의해 주길 바란다. 그리고 그 위를 능숙하게 걸어가기를 바란다.

혼자서 걷게 될 때까지는 하트 씨에게 부탁하여 궤도수정(軌道修正)을 해도 좋다. 줄타기를 능숙하게 하는 사람은 많아도 경계선이라고 하는 선상(線上)을 능숙하게 건너가는 사람은 별로 없다. 그러므로 그 선상을 능숙하게 건널 수 있는 사람이야말로 그만큼 훌륭한 사람이라고 생각한다.

4.

사회인이
되기 전에 할 일

젊었을 때 역사에 흥미를 갖는 것이 왜 중요한가?

프랑스의 발자취에 대한 너의 고찰은 정말 적중했다고 생각한다. 무엇보다도 기뻤던 것은 네가 책을 읽을 때, 그저 내용만 파악하는 것이 아니라 그 내용을 깊이 고찰하고 있다는 것을 알았기 때문이다.

책을 읽어도 자신이 판단하지 않고 씌어진 내용을 그대로 머릿속에 주입시키는 사람이 많다. 그런 방법으로는 정보(情報)가 마구 쌓여 머릿속이 마치 잡동사니를 쌓아두는 창고처럼 복잡해지기 때문에, 정돈이 잘 되어 있는 방에서처럼 필요한 것을 필요할 때 즉시 꺼내다 쓰지 못할 것이다.

너는 그런 요령으로 계속 나가주길 바란다. 저자의 이름만 보고 내용만 이어나가지 말고, 내용이 얼마나 확실하며 저자의 고찰이 얼마나 정확한지를 자신의 머리로 확실하게 생각해 보기 바란다.

하나의 사실(史實)에 대해서는 여러 가지 책에서 조사해 본 다음, 거기서 얻은 정보를 종합하여 자신의 의견을 갖는 것이 좋다.

'힘껏 노력해야만 역사라고 하는 학문에 손이 닿을 수 있다.'라고 나는 생각한다. 유감스럽지만, 그렇게 하지 않고서는 역사적 진실이라는 것을 알아낼 수 없기 때문이다.

시저가 살해당한 정확한 이유

역사책을 읽어보면 역사적 사건의 동기나 원인이 씌어져 있는데 그것을 그대로 믿어서는 안 된다. 그 사건에 관계된 인물의 사고방식이나 이해관계를 고려한 뒤에, 저자의 고찰이 바른지의 여부와 그 외에 가장 가능성이 높은 동기는 없었는지를 스스로 생각해 보는 것이 무엇보다 중요하다.

하지만 그 당시 비열한 동기나 사소한 동기를 무시해서는 안 된다. 그것은 인간이 복잡하고 모순뿐인 생명체인 까닭에 감정은 심하게 변화하고, 의지는 깨지고, 마음은 신체의 컨디션에 좌우되기 때문이다.

사람은 일관(一貫)되게 나가는 존재가 아니므로 그날그날 변화한다. 아무리 훌륭한 사람이라도 허점이 있기 마련이고, 하찮은 인간이라도 훌륭한 점이 있을 수 있다. 어떻게 해볼 도리가 없을 정도의 인간이라도 무엇인가 장점이 있고, 보통과 크게 다른 점이 없어 보여도 훌륭한 일을 해내는 사람이 있다. 이것이 곧 인간인 것이다.

그런데 역사적 사건의 원인을 규명할 때 우리들은 보다 고상한 동기를 찾으려고 하는 일이 많다. 그러나 정확한 원인은, 예를 들어 '루터의 종교개혁은 그의 금전욕(金錢欲)이 원인이었다……'라고 하는 정도의 것인지도 모르겠다. 그런데 머리가 큰 학자들은 역사적 대사건만이 아니라 평범한 사건에까지 심하다 싶을 정도로 정치적인 동기를 부여시키려 든다. 그것은 매우 이상한 일이라고 생각한다.

인간은 모순투성이다. 인간이 항상 훌륭한 일만 할 수 있는 것은 아니다. 현명한 사람이 바보 같은 짓을 할 때도 있고, 바보 같은 사람이 현명한 행동을 할 때도 있다. 모순된 감정을 갖고 있지만, 그것이 빙글빙글 변하는 것이 인간이다. 그런데도 동기(動機)가 있을 것 같으니까, 또는 동기가 매우 그럴듯하다며 고상한 것만을 취한다는 것은 잘못된 일이라고 생각한다.

소화가 잘 되는 식사를 하고 잠을 푹 자고 나서 쾌청한 아침을 맞이하면 훌륭한 일을 할 수 있었던 사나이가, 소화도 잘 되지 않는 식사를 하고 잠을 설치고 나서 비가 쏟아지는 아침을 맞이하자 갑자기 허리에 힘이 빠져 일어나지 못한 경우도 없지 않다.

그러므로 인간 행위의 진짜 이유라고 하는 것은 아무리 규명해 보려고 해도 억측의 테두리에서 벗어나기 어려운 것이다. 가능한 한 이러저러하고 여차여차한 사건이 있었다는 것만을 우리는 배우고 또 그렇게 알고 있을 뿐이다.

시저는 23인의 음모에 의해 살해되었다. 이것은 의심할 여지가 없다. 하지만 이 23인의 음모자들이 모두 자유를 사랑하고 로마를 사랑했기 때문에 시저를 살해했단 말인가? 그런 점에 이르면 잠깐 생각을 멈추지 않을 수 없다.

과연 그것만이 살해 동기인가? 그것이 주된 원인이란 말인가? 만일 진상을 해명할 수 있다면, 사건의 주모자인 브루투스의 자존심과 질투, 원한 등이 영향을 미쳤다고 생각해 볼 수는 없는 걸까?

올바른 판단력과 분석력을 키우기 위한 최고의 재료

회의적(懷疑的)인 관점에서는 역사적인 사실조차도 의심하게 되는 일이 자주 있다. 그리고 적어도 그 사실과 연결되어 있는 배경에 관해서는 의심의 눈길이 거두어지지 않는다.

매일 자기가 경험하고 있는 것을 생각해 보면 역사라고 하는 것이 얼마나 신빙성이 없는 것인가를 쉽게 알 수 있을 것이다.

예를 들어, 최근에 발생한 사건에 대해 몇 사람이 증언할 때, 그들이 하는 말이 모두 동일하다고 할 수 있을까? 그렇지 않을 거라고 생각한다. 왜냐하면 잘못 생각하는 사람도 있을 것이고, 증언할 때 뉘앙스가 달라지는 사람도 있다. 또는 자기 의견에 맞게 증언하는 사람이 있는가 하면, 마음이 변하여 사실을 왜곡해서 말하는 사람도 있다. 또한 서기(書記)라고 해서 모두가 공정하게 기록하지는 않을 테니 말이다.

그런 관점에서 생각해 보면, 역사학자라고 해서 모두가 공정하게 기록하고 있을까 하는 의심이 가는 것도 사실이다. 지론(持論)을 되풀이하여 글을 늘릴지도 모르는 일이고, 빨리 그 장(章)을 끝내려고 줄였을지도 모르는 일이다. 웃기는 것은 프랑스 역사책의 각장 앞에는 '이것은 진실이다.'라는 한 문장이 반드시 삽입되어 있다.

그러므로 역사학자의 이름만 가지고 무엇이든 옳다고 생각하지 않는 것이 좋다. 그러나 그것은 스스로가 분석하고 판단할 일이다.

그렇다고 해서 역사를 공부할 필요가 없다고 하는 말은 아니다. 누구나가 인정하는 사실(史實)은 존재하며, 사람의 입에 오르내리는 것이라면 비록 글로 쓴 기록이라도 받아들여진다. 때문에 이런 것은 알아두는 게 좋을 것이다.

예를 들어, 시저의 망령이 브루투스가 있는 곳에 나타났었다는 것을 여기저기에 쓴 학자들이 있다. 그러나 나는 그런 말은 전혀 믿지 않는다. 하지만 그런 사실이 화제에 오르고 있다는 것을 전혀 모른다는 것도 부끄러운 일이다.

그런 내용 외에도 역사학자들은 비슷한 것을 기술하고, 그 사실을 누구도 믿지 않지만 그것이 사실인 것처럼 사람들의 화제에 오를 때는 정식으로 문서에 기록하는 일도 있다. 그렇게 해서 정착된 것이 곧 이교도신학(異敎徒神學)이다. 주피터, 모스, 아폴로 등의 고대 그리스 신(神)이 그러하다.

우리는 그들이 만일 실제로 존재했다 하더라도 보통 사람이었을 것이라 생각한다.

어느 정도 역사에 회의적이라도 이렇게 상식화되어 있는 것은 착실히 공부해 둘 필요가 있다. 아니, 역사는 인간이 사회생활을 해나가는 데 있어서 어느 과학(科學)보다도 필요한 것인지 모른다.

'과거의 잣대'로 현재를 재지 마라

과거에도 그러했기 때문에 현재도 그렇다고 단정적으로 말해서는 안 된다. 과거의 예를 끄집어내어 현재의 문제를 검토하는 것까지는 좋으나, 대신 신중을 기하지 않으면 안 된다.

과거에 일어났던 일의 진상이란 아무리 알아내려고 해도 알 수 없다. 그래서 가능한 한 추측하는 편이 좋을 것이다. 그러나 무엇이 진짜 원인이었는지는 알 길이 없다. 과거의 증언을 현재의 증언에 비추어보면 무척 애매한 경우가 많고, 시대가 옛날일수록 신빙성이 희박해질 수밖에 없으니까 말이다.

　유명한 학자 중에는 공사(公私)를 불문하고 비슷하다는 이유만으로 멋대로 과거의 사례를 인용하는 사람이 있다. 이것은 어리석은 짓이다. 그들은 생각해 본 일도 없겠지만, 천지가 창조된 이후 이 세상에 똑같은 일이 발생한 예는 없다. 거기다 어떤 역사가라 할지라도 사건의 전모를 기록해 놓은 사람이 있을 리 없으므로 그것을 기초로 한 논의 등은 무의미하다고밖에 말할 수 없다. 그러므로 옛날 학자들이 썼기 때문에, 또는 시인(詩人)이 썼기 때문에…… 그런 이유만 가지고 예를 들어서는 안 된다.

　사물(事物)이란 것은 하나하나가 다 다르기 때문에 하나하나에 대해서 논(論)해야 한다. 비슷하다고 생각하는 예를 참고로 할 수도 있겠지만, 그것을 판단의 근거로 삼으려고 해서는 안 된다.

나는 역사에서 이런 것을 배웠다

여러 가지를 말했다만, 과거의 역사를 공부한다는 것은 정말 중요하다. 일반인들이 알고 있는 것처럼 신뢰가 가는 역사학자의 책을 읽고 공부해야 한다. 그것이 정확한 것이든 잘못된 것이든 우선 지식으로 갖고 있는 것이 중요하다.

그런데 너는 어떤 방법으로 역사를 공부하느냐? 시간과 노력을 절약하기 위해서 역사적인 대 사건을 중심으로 공부한 다음 나머지 것은 한번 읽어보는 정도로 끝내는 융통성을 가진 사람도 있는 반면, 무엇이나 다 머릿속에 집어넣으려는 사람도 있다. 그러나 나는 다른 방법을 권하고 싶다.

우선 나라별로 간단한 역사책을 읽어 나가면서 대충 개요를 잡아낸다. 그와 병행하여 특히 중요한 포인트, 예를 들면 어디를 정복했다든가, 왕이 바뀌었든가, 또는 정치형태가 바뀌었다는 등으로 중요하게 생각되는 것을 뽑아낸다.

이렇게 뽑아낸 내용에 대해서 상세하게 기술된 논문이나 책을 읽어가며 철저하게 공부하는 것이다. 그러나 이때 자신의 눈으로 깊이 통찰하는 것이 무엇보다 중요하다. 즉 사건의 원인을 찾아내고, 그것이 어떤 결과를 초래했는지를 연구하는 것이 중요하다는 말이다.

'책'에서 배우고, '사람'에게 배워라

프랑스의 역사에 관해서 좀 짧기는 하지만, 그래도 매우 잘 기술되어 있는 르잔드르의 역사책이 있다. 그것을 착실하게 읽으면 프랑스 역사에 대해서 대체적으로 알게 될 것이다.

그리고 역사적으로 중요한 포인트를 알았으면 다음에는 메제레이의 역사책이 도움이 될 것이다. 이 밖에도 그 시대마다 사건에 관해 상세하게 기술하고 있는 역사책이나 정치적인 관점에서 기술한 논문 등 참고가 될 만한 것은 얼마든지 있다.

근대는 고미누의 회고록을 위시하여 루이 14세 시대에 씌어진 역사책이 많이 나와 있다. 그런 책들을 구해서 읽으면 한 시대에 있었던 사건들에 대해서 입체적으로 알 수 있게 될 것이다.

이 밖에도 프랑스에서 여러 사람들과 대화를 나눌 때, 만일 역사와 같은 딱딱한 말을 멋지게 화제로 삼을 수 있는 기량이 있다면 그것을 시도해 보는 것도 좋을 것이다. 역사에 관심이 많지 않은 사람이라도 제 나라의 역사를 모른다고는 하지 않을 것이며, 뭔가 조금은 알고 있을 것이다. 비록 한 권의 역사책을 읽어보았을 뿐인데도(실제로는 그런 사람이 많다), 그들은 자신이 역사책 읽은 것을 내세우려고 먼저 말을 걸어올지 모른다. 또한 그곳 여성들은 역사책을 많이 읽기 때문에 분명히 참고가 될 것이다.

　그런 의미에서 볼 때, 현지에서 얻은 지식은 책에서 얻을 수 없는 귀한 지식임에 틀림없을 것이다.

인생 성공의 지름길은 '독서 습관'이다

　세상이란 한 권의 책과 같은 것이다. 지금 내가 너에게 읽어달라고 바라는 것은 이 책이다. 이 책에서 얻는 지식은 지금까지 출판된 모든 책을 합한 지식보다 더 큰 도움이 된다. 그러므로 훌륭한 사람들의 모임이 있을 때는 반드시 참석하는 것이 좋다. 실제로 책을 읽는 것보다 몇 배의 공부가 될 테니 말이다.

　일과 오락이라는 소란 속에서 살아가고 있는 우리들에게도 하루 중 잠시 숨을 돌릴 수 있는 여유 시간이 있기 마련이다. 그런 시간에 책을 읽는다는 것이 다시없는 위안이자 기쁨이라고 하는 지적인 사람도 있다.

　하지만 얼마 되지 않는 그 여가 시간을 쓸데없는 책을 읽는 데 할애하는 일은 하지 않았으면 한다. 다른 출판사에 글을 쓸 수 없는 태만한 저자가 태만하고 무지한 독자들을 노리고 쓴 책들은 한번 읽어보는 것만으로 충분하다. 이런 책은 독(毒)도 약도 되지 않으므로 손을 대지 않는 것이 좋다.

하루 30분 이상 독서해라

책을 읽을 때는 목적을 하나에 두고 그 목적을 달성할 때까지는 다른 분야의 책에 손을 대지 말아야 한다. 너의 장래를 생각해 본다면, 현대사 중에서도 특히 중요하고 흥미를 끄는 시대를 몇 가지 발췌하여 그것을 순서대로 망라해 나가면 어떨까 싶다.

우선 웨스트팔리아 조약에 조준을 맞추었다고 하면 그것에 관계되는 책 이외에는 손을 대지 말고, 신뢰할 수 있는 역사책이나 문고, 회고록, 문헌 등을 순차적으로 읽으면서 비교하는 것이 좋다. 그렇다고 이에 대한 연구를 위해서 많은 시간을 소비해도 좋다는 말은 아니다.

자유로운 시간을 좀 더 다른 방법으로 유용하게 쓸 수 있다면 그것도 좋은 일이다. 그저 같은 독서를 할 바에는 여러 가지 주제를 추구하기 보다는 하나로 묶어서 체계적으로 추구하는 것이 능률적이라고 생각한다.

여러 가지 책을 읽어나가는 동안에 내용이 상반되든가 모순되는 일도 생길 것이다. 그런 때는 차라리 다른 책으로 바꿔서 읽는 것이 좋을지도 모른다. 그렇다고 그것이 샛길로 빠지는 것은 아니다. 그렇게 함으로써 오히려 기억이 선명해질 수 있기 때문이다.

예를 들어, 어떤 문제 때문에 책을 읽어도 머리에 척척 들어오지 않을 때도 있을 것이다. 그렇지만 같은 책이라도 때때로 정치가들에게 화제가 되든가 논쟁의 표적이 되든가 할 때에 그 책이나 그와 관련된 책을 읽으면서 다른 사람에게서 관계되는 말을 듣게 되면 책만으로는 입체적으로 끄집어낼 수 없는 것이 척척 머릿속에 들어올 수 있다. 그렇게 해서 얻은 지식은 생각 외로 완벽한 것이 되어, 쉽게 잊어버리지 않게 된다. 사건이 발생한 장소를 찾아가서 직접 확인하고 오는 것도 그런 뜻에서는 좋은 일이라고 생각한다.

사회인이 된 후에 독서하는 방법에 대해서 내가 일러주고 싶은 것을 다음의 몇 가지 항목으로 집약해 보았다.

① 사회로 한 걸음을 내딛은 지금, 다독(多讀)할 필요는 없다. 그보다는 여러 사람과 대화함으로써 정보를 수집하는 쪽이 좋다.

② 무익한 책은 읽지 말 것.

③ 하나의 주제로 묶어서 그것과 관련된 것을 읽을 것.

이상의 것을 준수하면, 하루 30분 동안의 독서로도 충분할 것이다.

직접 경험하고 얻은 지식이 참된 지식이다

이 편지가 무사히 너에게 도착할 때, 너는 베니스에서 로마로 떠날 준비를 서두르고 있을 때가 아닌가 생각된다. 하트 씨에게도 저번에 부탁을 해두었지만, 로마까지는 아드리아 바다의 연해를 따라 리미니, 로데드, 안고나를 통해서 가는 것이 좋다.

어느 지방이든 한 번은 들러볼 가치가 있다. 그러나 체재(滯在)할 정도는 아니다. 가서 보는 것으로 충분하다.

그 주변에는 고대 로마의 유물, 이름이 알려져 있는 건축물이나 회화 조각 등 많은 종류가 있으므로 하나도 빼놓지 말고 보길 바란다. 겉만 보는 것으로도 충분하니까 그리 많은 시간이 걸리지는 않을 것이다. 그러나 속속들이 봐야 할 경우라면 다르다. 그러므로 시간을 할당하는 데 있어서 좀 여유를 두는 자세가 필요하다.

흔히 젊은 사람들은 경박할 뿐 아니라 주의력까지 산만하고 일에도 무관심하여, 보려고 해도 보이지 않고 들으려고 해도 들리지 않는다는 말들을 한다. 그러므로 표면적으로만 훑어보든가 또는 아무 주의력도 없이 듣는 것이라면 당초부터 보지도 듣지도 않는 것이 오히려 좋을지도 모르겠다.

이 점에 있어서는 네가 보내준 여행기에 잘 나타나 있는데, 너는 여행하는 곳마다에서 관찰을 잘했고 또 여러 가지 의문도 갖고 있는 것 같다. 이것이야말로 여행의 참된 목적이라고 생각한다.

같은 여행을 해도 목적지만 전전하면서 다음 목적지는 어느 정도 떨어져 있고 숙소는 어딘가 하는 것에만 신경을 쓰는 사람은 출발할 때도 바보였고, 돌아올 때도 바보 그대로다.

또한 가는 곳마다 교회의 뾰족탑이나 시계 그리고 묘지 등을 보면서 경탄이나 한다면 얻은 것이 아무것도 없다고 해도 과언이 아니다. 그 정도라면 어디도 가지 말고 집 안에 있는 것이 차라리 나을 것이다.

그런데 어디를 가도 그 지방의 정세나 다른 지방과의 관계, 약점, 교역, 특산물, 정치형태, 헌법 등을 정확하게 관찰해 오는 사람이 있다. 뿐만 아니라 그 지방의 훌륭한 사람들과 교유(交遊)를 두텁게 하고, 그 지방의 독특한 예법이나 인간성까지 알아가지고 오는 사람도 있다. 이런 사람들이야말로 참된 여행자들이라고 생각한다. 그리고 이런 사람들은 보다 영리해져서 돌아온다.

여행지에서는 호기심 많은 사람이 되어라

로마는 인간의 감정이 여러 가지 모습으로 생생하게 표현되고 있으며, 그것이 훌륭한 예술로 결집되어 있는 거리다. 그러므로 로마 체재 중에는 까삐똘리노나 바티칸 궁전, 그리고 판테온 등을 관람하는 것으로 만족하지 않기를 바란다.

이왕 관광을 하려면 열흘간에 걸쳐서 여러 가지 정보를 얻기 바란다. 즉 로마제국의 본질, 교황의 권력 성쇠, 궁전(宮殿) 정책, 추기경의 책략, 교황 선거회의의 뒷이야기 등…… 절대적인 힘을 과시했던 로마제국의 내면적인 것이라면 어떤 것도 좋다. 그러므로 아무 곳에나 머리를 내밀어보면 어떨까 싶다.

어느 지방에나 그 지방의 역사와 현재의 모습에 관해 간단하게 소개하고 있는 조그만 책자가 있다. 그것을 먼저 읽어보는 것이 좋다. 물론 부족한 점도 있겠지만, 여하간 지침(指針)은 될 수 있다.

그것을 읽고 좀 더 상세하게 알고 싶은 것이 있다면 그 지방 사람에게 물어보면 좋을 것이다. 알지 못하는 점에 대해서는, 그것을 가장 잘 알고 있을 만한 생각이 깊은 사람에게 물어보는 것이 가장 좋다. 책이 아무리 상세하다 하더라도 거기에서 완벽한 정보를 얻어낸다는 것은 상당히 어려우니까 말이다.

영국에도 자국의 현황을 상세하게 해설해 놓은 책이 몇 권 나와 있을 것이다. 그리고 프랑스에도 그런 책이 많이 있다. 그러나 이런 책에서 얻는 정보는 대부분 불완전하다. 그것은 사람들이 자국의 현황을 제대로 알지 못하는 사람이 쓴 책을 모방해서 썼기 때문이다. 그렇다고 해서 읽어볼 가치가 전혀 없다는 말은 아니다. 알지 못하는 것을 알 수도 있으므로 나름대로 읽어볼 가치가 있다.

알지 못하는 것이 분명하다면, 단 한 시간이라도 좋으니 내정에 밝은 의장(議長)이나 의원에게 질문해 볼 일이다. 그러면 프랑스 국내에 있는 모든 책을 모아서 읽어봐도 알 수 없는 프랑스 의회의 내막을 조금이나마 알 수 있게 될지도 모른다.

만일 군대에 관한 지식이 필요하다면 장교를 찾아가보는 것이 좋다. 보통 사람들은 대부분 자기의 직업에 대해서 특별히 애착을 갖고 있기 때문에 자신이 하고 있는 일에 대해 대화하는 것을 싫어하지 않으리라 생각한다. 더구나 자기 직업과 관련하여 무엇인가를 물으면 점점 신이 나서 의외로 많은 말을 해줄지도 모른다. 그러므로 무슨 모임에서 군인과 만날 수 있는 기회가 있으면 여러 가지를 물어보는 것이 좋다. 즉 훈련 방법, 숙영 방법, 의복의 지급 방법, 또는 급료, 부수입, 숙영지 등…… 알고 싶은 것은 무엇이든 물어볼 일이다.

같은 이유로, 해군에 관한 정보도 수집하는 것이 좋다. 지금까지 영국은 프랑스 해군과 항상 두터운 유대관계를 유지해 왔다. 앞으로도 그러할 것이다. 때문에 프랑스 해군의 내막을 알아둔다고 해서 손해될 것은 없다.

네가 외국의 많은 정보를 알아가지고 영국으로 돌아왔을 때, 네가 얼마만큼 유용한 인물이 될 것인지 한번 생각해 보길 바란다. 상상하는 것 이상의 결과가 있을 거라 생각한다. 실제 이 분야에 능통한 사람은 현재로는 거의 없다. 미개척 분야이기 때문이다.

사회인이 되기 전에 해야 할 일

하트 씨의 편지에는 항상 너를 칭찬하는 말이 적지 않은데, 이번 편지에는 특히 기뻐해야 할 일이 씌어져 있었다. 로마에 있는 동안에 너는 이탈리아인의 기존 사회와 융합해 보려고 시종 노력하면서 영국 부인의 제창으로 결성된 영국인 집단에는 참가하려고 하지 않았다는 얘기 말이다. 이것은 참으로 분별 있는 행동 — 왜 너를 외국으로 보냈는지 그 뜻을 잘 알고 취한 행동 — 이라고 생각한다. 무척 기쁘다.

여러 나라의 사람을 많이 알고 있는 것이 한 나라의 사람만으로 만족하는 것보다 낫다. 어느 나라에 가더라도 그런 분별을 갖고 행동하기를 바란다.

특히 파리에는 3백 명 이상의 영국인들이 무리를 지어, 프랑스인들과의 대화를 기피하면서 생활해 나가고 있다. 그런데 파리에 체재하고 있는 영국 귀족들의 생활상은 대체로 비슷하다.

우선 아침 늦게까지 이불 속에 있다. 기상을 하면 곧 아침 식사를 하는데, 이 식사는 친구와 함께한다. 이것으로서 오전 중의 두 시간을 헛되게 보낸다. 식사가 끝나면 마차가 넘칠 정도로 여러 사람이 올라타고 궁전이나 앙발리드, 또는 노트르담 사원으로 달려간다. 거기서 다시 커피하우스로 간다. 거기서 저녁 식사를 겸한 술판을 벌여놓고 파티를 시작한다. 저녁 식사 후에는 술이 거나해진 채 줄줄이 극장으로 향한다. 극장에서는 바느질도 엉망인, 하지만 양복지만은 최상인 복장으로 무대 앞에 진을 친다. 극이 끝나면 함께 다시 술집으로 향한다. 그리고 이번에는 퍼붓듯이 술을 마시고는 친구들과 다투는가 하면 거리로 나가 싸움질을 한다. 그 결과 경관에게 잡혀가고 만다. 이런 생활을 되풀이하다보니 프랑스어를 제대로 배우지 못하여 그들과 말이 통할 리 없다.

그런 식으로 생활하다 본국으로 돌아오면 신경질만 부려댄다. 그렇다고 원래부터 없었던 지식이 늘어났을 리도 없다. 그러나 외국에서 돌아왔다는 것을 자만하고 싶은 기분이 들어 멋대로 프랑스어를 사용하기도 하고 프랑스 스타일로 옷치장을 해보기도 하지만, 어느 것도 제대로 하는 것이 없다보니 모두가 부질없는 짓이 되고 만다. 이래서는 모처럼의 외국생활이 수포가 되고 만다.

그런 사람이 되지 않기 위해서라도, 네가 프랑스에 머물러 있는 동안은 프랑스인들과 좋은 관계를 맺기 바란다. 노신사는 좋은 본보기가 될 것이므로 그들과 자주 만나서 교유(交遊)를 갖는 것이 좋겠다.

이방인의 마음을 버리면 그 지방의 실상이 더 잘 보인다
하지만 기껏 일주일간이나 열흘간, 마치 후조처럼 잠시 체재하는 것으로는 스스로도 즐길 수 없을 뿐 아니라 상대방과도 친해질 수 없을 것이다. 받아들이는 측에서도 그렇게 잠시 친분을 맺는 일에 뒷걸음칠 것이 분명하니까 말이다. 관계를 맺지 않는다고 해서 나무랄 수는 없지만, 그래도 그 정도라면 괜찮다.

하지만 그와는 반대로 몇 개월 동안 체재하는 경우라면 이야기가 달라진다. 그 지방 사람들과 마음을 터놓을 시간이 있으므로, 시간이 흐름에 따라 타관 사람이라고 하는 느낌이 사라져버릴 테니 말이다. 이것이야말로 여행의 진짜 맛이 아닐까?

어디를 가든 그곳 사람들과 허물없이 어울리고 그 사회와 융합하여 그곳 사람들을 부담스럽지 않게 접하는 자세가 필요하다. 이것만이 그 지방의 습관을 알고 예절을 익히며, 다른 지방에 없는 특성을 알 수 있는 유일한 방법이라고 나는 생각한다.

이것은 불과 30분간의 형식적인 공식 방문으로는 얻어낼 수 없는 일이다. 그러나 그것은 지방과 환경에 따라서 다른 형상으로 나타나므로, 우리는 그런 가지각색의 형상 하나하나와 사귀어 나가지 않으면 안 된다.

예를 들어, 야심(野心)이라고 하는 감정이 있는데 이것은 어떤 사람도 다 갖고 있는 것이다. 하지만 그것을 만족시켜줄 수 있는 수단은 교육이나 풍습에 따라 다르다. 예의를 다하겠다고 하는 마음은 누구나 갖고 있는 기본적인 태도이지만, 그런 마음을 표현하는 방법은 지방마다 모두 다르기 때문이다.

영국 국왕에게 절을 하는 것은 경의의 표현이 되지만, 프랑스 국왕에게 절을 하는 것은 실례에 속한다. 일반적으로는 절을 함으로써 경의를 표하지만, 개중에는 온몸을 꿇어 엎드리지 않으면 안 되는 나라도 있으니까 말이다.

이처럼 예법은 지방에 따라, 시대에 따라, 사람에 따라서 다르다.

그러면 그런 예법은 어떻게 해서 생겨났는가? 엉뚱한 데서 기분대로 생겨나 이어져 내려오는 것이라고 말할 수밖에 없다.

아무리 현명하고 분별을 가진 사람이라고 해도 그 지방 특유의 예법을 모두 알 수는 없다. 그것을 아는 것은 실제 그 지방에 가서 눈으로 보거나 경험을 함으로써 그 사회와 통하고 있는 사람들뿐이다.

예법은 이성이나 분별로서는 설명을 다할 수 없지만, 여하간 우연히 만들어졌다는 것만은 부정할 수 없다. 하지만 그것이 거기에 엄연히 존재하고 있는 이상 그것을 따라야 할 것이다. 이것은 왕이나 황제에 대한 예의만을 말하는 것이 아니다. 모든 계급에는 관습과 같은 것이 존재하므로 그것을 따르는 것이 바람직하다.

예를 들면, 사람들의 건강을 축하하며 건배하는 관습을 어느 지방에서 보았다고 하자. 내가 잔 가득히 담겨진 와인을 마시는 일과 누군가의 건강이 도대체 무슨 관계가 있다는 것인가? 상식으로는 생각할 수 없는 일이지만, 그 상식을 따르는 편이 좋다고 너에게 권하는 것이다.

양식(良識)은 사람들을 예의 바르게 만들고 나쁜 생각은 하지 말라고 명령한다. 하지만 때와 장소 그리고 사람을 대할 때 어떻게 예의를 지켜나갈 것인지는 실제로 체험하지 않고서는 알 수 없다.

이것은 앞에서 말한 그대로다. 그것을 체험하고서 돌아오는 것이야말로 바람직하고 올바른 여행이 아닐까 한다.

외면이 아니라 내면을 엿보는 즐거움

분별 있는 사람은 어디를 가나 그 지방의 풍습을 습득하고 거기에 따르려고 한다. 이 세상 어디를 가나 그렇게 하는 것이 필요하다. 도덕적으로 허용되어 있는 것이라면 어떤 것도 따르는 편이 좋다.

그때 가장 도움이 되는 것은 순응력(順應力)이다. 이것은 순간적으로 그 장소에 걸맞은 태도를 정하는 힘이다. 점잖은 사람에게는 진지한 얼굴로 대하고, 명랑한 사람에게는 밝게 대하며, 시시한 인물에게는 그에 알맞게 상대하면 된다. 이런 능력을 키우도록 힘껏 노력해 주길 바란다.

여러 지방을 방문하여 깔끔한 사람들과 사귐으로써 너는 그 지방에 동화될 것이다. 그렇게 되면 너는 더 이상 영국인이 아닐지도 모른다. 프랑스인도 아닐 것이며, 이탈리아인도 아닐 것이다. 유럽인이 되는 것이다.

여러 지방의 좋은 풍습을 겸허하게 수용해 두면 파리에서는 프랑스인, 로마에서는 이탈리아인, 그리고 런던에서는 영국인이 되는 것이다. 그런데 너는 이탈리아어가 어렵다고 싫어하는 모양인데, 프랑스의 귀족들을 한번 봐라. 그들은 조금도 걱정하지 않고 훌륭한 산문(散文)까지 쓰고 있다. 그와 마찬가지로, 너 자신은 잘 모르고 있겠지만 나는 네가 이미 이탈리아어를 훌륭하게 이해하고 있다고 생각한다. 네가 프랑스어와 라틴어를 그만큼 알고 있으니까 이미 이탈리아어의 반 정도는 알고 있을 거라 여긴다. 사전 같은 것은 이제 거의 이용할 필요를 느끼지 않고 있을 것 아니냐?

다만 숙어(熟語)나 관용구(慣用句) 그리고 미묘한 표현 같은 것은 실제로 대화를 가져보는 것이 좋다. 상대의 말을 주의해서 들으면 그런 정도는 곧 몸에 익힐 수 있을 것이다. 그러므로 잘못된 생각을 갖지 말고, 질문할 수 있을 정도의 단어나 질문에 답변할 수 있을 정도의 단어를 외고 있다면 사람들과 자주 대화를 가져보도록 해라.

프랑스어로 '안녕하십니까?' 하고 말을 거는 대신에 기억하고 있는 이탈리아어로 '안녕하십니까?' 하고 말을 해보면 어떨까 한다. 그렇게 하면 상대는 이탈리아어로 뭐라고 답변해 올 것이다. 그러면 그 말을 듣고 기억해 두면 된다. 그렇게 되풀이하다 보면 언젠가는 이탈리아어를 유창하게 하고 있다는 사실을 자신이 느끼게 될 것이다. 이탈리아어는 생각 외로 간단한 언어다.

여러 가지 얘기를 했다만, 너를 외국으로 내보낸 이유도 바로 그런 것을 몸에 익히게 하려는 데 있었다. 어디를 가더라도 관광만으로 만족하지 말고 그 지방의 내면까지 착실하게 보고 오길 바란다. 현지 사람들과 친하게 사귀어 관습과 예법도 알아보고, 현지의 말도 많이 배워 오기를 바란다.

네가 그런 것을 할 수 있다면, 나의 노고도 응분의 보답을 받은 거라고 생각한다.

5.

자기 의견을 가져라

다른 사람의 생각으로 잘잘못을 판단하지 마라

이 편지가 도착할 즈음에는 네가 이미 라이프니츠에 돌아와 있을 것으로 생각한다. 드레스덴의 궁정사회(宮廷社會)에서 네가 받은 첫인상이 어땠을지 자못 궁금하다.

네가 현명하다고 믿기 때문에 하는 말이지만 축제 기분은 드레스덴에다 두고 오고, 라이프니츠에서는 재빨리 공부에 임해 줄 것을 당부한다. 만일 궁정이 마음에 들었다면, 열심히 공부해서 지식을 쌓아두는 것이 다른 사람들에게 인정받는 가장 빠른 길이라는 사실을 마음속에 새겨두기 바란다.

아울러 지식도 인덕도 없는 궁정 사람들에게 아무것도 기대하지 않았으면 한다. 그들은 참으로 불쌍한 사람들이다. 그와는 반대로 지식과 인덕을 갖추고 있으면서도 그런 것을 과시하지 않는 태도를 몸에 지니고 있는 사람이야말로 실로 훌륭하다고 생각한다. 너도 그런 태도를 본받았으면 한다.

사람들은 궁정이란 곳이 거짓과 위선으로 난무하고 겉과 속이 전혀 다른 세계라고들 말한다. 과연 그 말이 옳은 것일까? 나는 그렇게 생각하지 않는다. 그래서 소리 높여 말하는데, 원래 일반론이라고 하는 것은 그렇게 믿을 만하지가 않다. 분명히 궁정에는 거짓과 위선이 존재하고 겉과 속이 전혀 다른 점이 없지 않다. 하지만 그것은 궁정에만 국한된 얘기가 아니다.

농부들이 사는 농촌 마을도 그와 다르지 않다고 생각한다. 농지를 갖고 있는 농부들은 어떻게 하면 이웃보다 더 많은 양을 출하할 수 있을지를 고민하면서 갖가지 방법을 모색할 것이다. 그리고 대지주 앞에서는 그들의 마음에 들기 위해 필사적으로 작전을 세울 것이다. 그것은 궁정 사람들이 왕자의 비위를 맞추기 위해서 노력하는 것과 조금도 다를 것이 없다.

'시골 사람들은 티 없이 천진하고 거짓이나 위선이 없는 반면, 궁정 사람들은 위선 덩어리이다.'라고 쓴 시인의 말을 단순하고 어리석은 사람들이 그대로 믿는다고 해도 진실은 변하지 않는다.

양을 치는 사람이든 궁정에 있는 사람이든 인간이란 점은 매한가지다. 느끼고 생각하는 것도 크게 다를 것이 없다. 다만 방식이 좀 다를 뿐이다.

일반론(一般論)을 주장하는 사람을 주의해라

일반론을 믿거나 옳다고 인정하는 일에 대해서는 신중하길 바란다. 원래 일반론을 주장하는 인물 중에는 자만심이 강하고 잔재주를 갖고 있는 사람이 많다. 대체로 현명한 사람들은 그런 것을 주장할 필요가 없을 뿐 아니라, 일반론에 의지할 수밖에 없는 사람들의 내적 빈곤함을 불쌍하게 생각할 뿐이다.

세상에는 국가(國家)나 직업에 대한 여러 가지 일반론이 널리 퍼져 있다. 그중에는 옳은 것도 있지만 잘못된 것이 많다. 그럼에도 불구하고 그런 것이 퍼져 있는 이유는, 자기 나름대로의 생각을 갖지 못한 사람들이 일반론이라는 쓸모없는 장식품을 몸에 걸치고서 돋보이고 싶어 하기 때문이다.

나는 누군가가 일반론을 내세우면 일부러 위엄 있는 표정을 짓고서 '그렇습니까. 그렇다면?' 하고 말을 계속하도록 유도하는 태도를 취한다. 그러면 대부분의 사람들은 자신의 생각을 확고하게 갖고 있지 못하기 때문에 다음 말을 잇지 못하고 난처해하며 얼버무리기 일쑤다.

자신의 내면에 확고한 생각이나 신념을 갖고 있는 사람은 보잘것없는 일반론에 의지하지 않아도 자신이 하고 싶은 말을 모두 할 수 있고, 즐겁고 유익한 말을 충분히 제공할 수 있다. 때문에 너는 설사 야유를 받는다 해도 일반론 같은 것은 참고하지 않길 바란다. 아울러 상대가 지루해하지 않을 정도의 재치까지 갖춘다면 금상첨화일 것이다.

내게는 생각할 수 있는 '뛰어난 두뇌'가 있다

너는 이미 사물을 똑바로 생각할 수 있는 나이가 되었다고 생각한다. 같은 나이의 청년으로 그렇게 할 수 있는 사람은 아직 적으리라 생각하지만, 시비(是非)를 가리고 사물을 깊이 생각하는 습관을 몸에 익혀두길 바란다. 그리고 진리를 찾아 올바른 지식을 꾸준히 쌓아 나갔으면 한다.

내가 너에게 말은 이렇게 하지만, 사실을 말한다면 이 아버지도 사물을 깊이 생각할 수 있는 습관을 갖기 시작한 것은 그리 오래된 이야기가 아니다. ― 너를 위한 일이기 때문에 창피를 무릅쓰고 하는 말이다.

16, 7세까지는 나 자신이 해야 할 생각을 하지 않았다. 그 후부터는 조금씩 생각이란 것을 하기 시작했으나 그 생각은 누군가에게 도움을 줄 수 있는 그런 것이 되지 못했다. 오로지 읽은 책의 내용을 외우는데 급급했고, 친구들이 말하는 내용도 진부(眞否)를 생각해 보지 않은 채 아무렇지 않게 받아들였다.

수고를 해가면서 진실된 것을 추구하기보다는 조금쯤 틀려도 편안한 것이 좋다는 사고방식으로 살았다. 귀찮기도 했지만 놀기에도 바빴고, 상류사회의 독특한 사고방식에 다소 반항도 하지 않았나 싶다. 그러했었기 때문에 내가 어느 정도 정신을 차렸을 때는 이미 편견의 수렁에 빠져 있었다. 하지만 나 자신은 그것을 깨닫지 못했기 때문에 진리를 추구하는 대신 잘못된 생각을 계속 이어갔다.

그러다가 일단 스스로 생각하고 행동해야겠다는 뜻을 세웠는데, 그것을 실천해 나가면서 얼마나 놀랐는지 모른다. 사물을 보면서 실체(實體)가 없는 곳에 힘이 있다고 착각했던 과거와 비교해 보니, 과거와 달리 모든 사물이 그야말로 정연하게 보였기 때문이다.

물론, 지금까지도 나는 타인으로부터 영향 받은 사고방식을 그대로 지니고 있는지도 모른다. 오랫동안 타인에게서 영향 받은 사고방식이 내 안에 굳어져버린 탓도 있을 것이다. 실제로 젊었을 때 교육받은 내용을 계속 옳은 것이라고 생각해 오다 보면, 나이가 들어도 잘못된 사고방식을 자신의 힘으로 구별하는 것은 쉽지 않으니까 말이다.

독단과 편견에 빠져 실수했던 나의 경험

나의 최초의 편견은(소년시대의 도깨비, 망령, 악몽 등에 대한 잘못된 견해는 제외한다) 고전(古典)에 대한 절대적인 믿음이었다. 이것은 여러 가지 고전을 읽고 선생님으로부터 강의를 받는 동안 자연히 몸에 익혀졌던 것으로, 그 신봉은 대단한 것이었다.

나는 이 세상에 양식이나 양심이 있었던 시대는 고대 그리스밖에 없었다고 생각했고, 그것은 로마제국과 함께 멸망해 버렸다고 믿었다.

그리고 호머와 버질은 고대 사람인 까닭에 읽어볼 가치가 있지만, 밀턴이나 탓소는 현대 사람인 까닭에 그럴 필요가 없다고 생각했었다. 하지만 지금은 다르다. 지금은 300년 전의 인간도 지금 사람들과 동일하다는 것을 잘 알고 있다. 현실에 따라 인간의 관습이나 사고방식은 변하지만, 인간의 본질은 지금이나 옛날이나 다르지 않기 때문이다. 동물이나 식물을 1,500년 전이나 300년 전의 것과 비교해 보면 진보한 것이 거의 없는 것처럼, 인간도 마찬가지이다. 1,500년 전이나 300년 전의 사람들은 착실했고 용감했고 현명했다는 주장은 있을 수 없는 것이다.

학자라고 자처하는 교양인은 자칫하면 고전을 신봉하고, 그렇지 않은 사람은 현대의 멋진 유행에 열광하는 경우가 많다. 하지만 지금 내가 한 말을 종합해서 생각해 보면 현대인이나 고대인이나 할 것 없이 장점이 있는가 하면 결점도 있고, 좋은 일도 했는가 하면 나쁜 짓도 했다는 말이 된다. 그런데 나는 그것을 뒤늦게야 납득했다.

고전에 대한 확신(確信)이 상당한 사람은 종교에 관한 편견도 상당한 경우가 많다. 한때 영국에서는 성공회 신도가 아니면 이 세상에서 아무리 정직한 사람이라 할지라도 구원받지 못한다는 것을 진실로 받아들이는 분위기였다. 하지만 그 당시에는 잘 몰랐다. 사람의 생각이나 의견은 그렇게 간단하게 바뀌지 않기 때문이다.

하지만 다른 사람의 의견이 나와 다를 수 있다는 것을 인정한다면, 나와 다른 의견을 가진 사람을 용서한다는 것이 그리 어려운 일도 아니다. 그리고 의견이 달라도 서로가 진실하면 그것으로 충분하다. 그러므로 서로가 관용만 베풀면 되는 것이다.

또 한 가지, 사교계에서 뛰어나기 위해서는 한량을 자처할 필요가 있다고 생각했었는데 그것 또한 어리석은 생각이었다. 한량이 되면 사교계에서 관심을 집중시킬 수 있다는 말을 듣고 깊이 생각해 보지도 않은 상태에서 그대로 그것을 목표로 삼아버린 탓도 있지만, 그보다는 그것을 부정함으로써 내가 목표로 삼은 사람들로부터 비웃음을 당하고 싶지 않은 기분 때문이었는지도 모른다. 하지만 지금은 그런 것을 두려워하지 않는다. 이 나이로서는 당연한 일이겠지만······.

본인들은 한량이라고 자처하지만, 어느 정도 박식하거나 훌륭한 신사라도 한량이란 것은 오점에 불과할 뿐이다. 본인들이 인정받고 싶어 하는 사람들로부터 그다지 좋은 평가를 받지 못하기 때문이다. 그뿐 아니라, 자기의 결점을 감추려고 하면 없는 결점까지 있는 것처럼 들춰내는 사람까지 나타나기 마련이다.

곰곰 생각해 보면, 편견이란 참으로 무서운 것이다.

그럴듯한 것에 유혹되지 마라

하지만 네가 무엇보다 조심했으면 하고 바라는 것은 잘못된 행동을 하찮게 여기거나 방치하지 말라는 것이다. 이해력이 뛰어나고 생각도 깊은 사람들이 진리를 추구하는 노력을 태만히 하고, 집중력이 흐트러지거나 통찰력을 잃었는데도 그런 것을 대수롭지 않게 여기는 경우가 있다. 그것은 매우 위험한 일이다.

그런 예의 하나로, 유사 이래 '전제정치 하에서는 참된 예술이나 과학이 육성되지 못한다.'는 말이 널리 통용되고 있다. 과연 전제정치 아래에서는 자유와 함께 재능까지 가두고 봉해 버리는 것일까?

이런 말은 그럴듯하지만, 나는 그렇게 생각하지 않는다. 농업과 같은 기술이라면 정치형태에 따라 소유권이나 이익을 보장받지 못하므로 진보가 어려울지도 모른다. 하지만 전제정치가 수학자나 천문학자, 다시 말해서 웅변가 등의 재능을 봉해 버렸다고는 생각지 않는다. 우선 그런 실례가 있었다는 말은 들어본 일이 없다. 물론, 시인이나 변사가 자신이 하고 싶은 이야기를 마음대로 표현할 수 있는 자유를 박탈당했을지 모른다. 그러나 정열을 집중할 대상(對象)까지 박탈당하지는 않았다. 만약 재능이 있다 해도, 거기까지 규제당할 염려 따위는 없다는 말이다.

무엇보다도 이런 생각이 잘못되었다는 것을 증명한 것은 프랑스의 작가들이었다. 꼬르네이유, 라신, 몰리에르, 보봐르, 라퐁덴…… 이들은 아우구스투스 시대와 비슷하다고 생각되는 루이 14세의 압제 하에서 그 재능을 꽃피웠다.

아우구스투스 시대의 우수했던 작가들이 그 재능을 발휘한 것은 잔인하고 쓸모없었던 황제가 로마 시민의 자유를 구속한 후부터였다는 사실을 상기해 주길 바란다.

또 편지(便紙)라고 하는 것이 다시 살아난 것도 자유스러운 풍조 아래에서가 아니었다. 절대적인 권력을 장악하고 있던 교황 레오 10세, 그리고 일찍이 없었던 독재정치를 행한 프랜시스 1세 때에 장려되고 보호되었다.

아무쪼록 오해하지 않기를 바라겠다만, 전제정치에 부응해서 하는 말이 아니다. 독재는 내가 가장 싫어하는 것이다. 압제는 인간의 기본적인 권리를 현저하게 침해하므로, 나는 이것을 범죄 행위라고 생각한다.

정말 네 생각인지 심사숙고해라

말이 길어졌지만, 자기 자신의 머리를 써서 사물을 제대로 생각하는 습관을 길러주길 바란다.

우선, 현재 네가 생각하는 방법을 하나하나 점검해 보면서 정말 자기 자신이 그렇게 생각한 것인지, 아니면 다른 사람이 말한 그대로 생각하고 있는 것은 아닌지, 또는 편견을 갖고 있거나 지나치게 확신하고 있는 것은 아닌지 그런 것부터 생각해 보길 바란다.

편견이 없다면 자기의 머리로 여러 사람들의 의견을 듣고 옳은지 옳지 않은 것인지, 그리고 옳지 않다고 생각되면 모든 것을 종합하여 자신의 생각을 가져주길 바란다. 진작 이런 판단을 했더라면 좋았을 것이라고 후회하는 일이 없도록 하루라도 빨리 시작해야 할 것이다.

인간의 판단력이 항상 옳은 것만 아니다. 착오가 있을 수도 있다. 하지만 조그만 차질이나 착오도 없어야 한다는 지침(指針)에는 변화가 없어야 한다. 그것을 보완시켜주는 것이 책이며, 사람들과의 교제이다.

그러나 책이나 교제를 과신하여 너무 자만해서는 안 된다. 그것들은 어디까지나 신이 인간에게 내려준 판단력의 보조에 불과하다.

인간을 귀찮게 하는 것은 여러 가지지만, 그중에서도 가급적 많은 사람들이 하지 않으려고 기를 쓰는 '생각한다'는 수고만은 부디 아끼는 일이 없기를 바란다.

언제나 흐려지지 않는 올바른 판단력을 길러라

아무리 장점이 있고 덕(德)이 있는 사람이라도 그와 비슷한 단점이나 부덕(不德)이 있게 마련이라서 한걸음 발을 헛디디면 생각지도 않았던 과오를 범할 경우가 있다.

관대함이 지나치면 응석을 부리게 된다. 절약은 인색하게 하고, 용기는 경솔하게 하며, 조심성이 깊으면 겁이 많아진다. 그렇게 생각하면 결점이 없도록 그리고 부도덕한 행위를 하지 않도록 주의하는 것 이상으로 장점이나 덕을 지니고 있다는 것에도 주의가 필요하다는 생각이 들 것이다.

부도덕한 행위라고 하는 것은 그 자체가 아름답지 못한 것이다. 그래서 한번 보기가 무섭게 눈길을 피해 버리고, 더 이상 관련되고 싶은 마음이 생기지 않는다. 하지만 능숙하게 보완한다면 말은 달라진다.

그런데 도덕적 행위라고 하는 것은 그 자체가 아름답다. 그러므로 처음 보는 순간부터 정신이 사로잡혀서 보면 볼수록 알면 알수록 매혹

당한다. 그리고 끝내는 자기 자신도 취해 버리고 마는 것이다. 아름다움[美]은 언제나 그렇다.

올바른 판단이 필요해지는 것은 바로 이때다. 도덕적 행위를 끝까지 도덕적 행위로서 지속시켜 나가기 위해서는 장점을 끝까지 장점으로 살려나가려고 노력하면서 자신에게 채찍질을 가하여 멈추지 않게 해야 한다.

내가 그런 말을 끄집어낸 것은 다름 아니라 '학식이 많다.'고 하는 장점이 빠질 수 있는 함정에 관해 말하고 싶기 때문이다.

지식이 많다고 하는 것도 올바른 판단력이 없으면 냄새가 코를 찌른다느니, 학자인 체한다는 등의 엉뚱한 험담을 듣기 마련이다.

너도 근간에 많은 지식을 익히게 될 것이다. 그때를 위해서 평범한 사람이 빠지기 쉬운 함정에 빠지지 않도록 지금부터 주의를 해두는 것도 나쁘지 않을 것이다.

지식은 풍부하게, 태도는 겸허하게

학식이 풍부한 사람은 지식에 자신이 있기 때문에 다른 사람의 의견에 귀를 기울이지 않는 경우가 많다. 그리고 일방적으로 판단을 강압하기도 하고 멋대로 마구 나무라기도 한다.

하지만 그런 짓을 하면 어떤 일이 생기는가? 억눌려 있던 사람들은 모욕을 당했다거나 상처받은 것으로 생각하여 순순히 따르지 않을 것이다. 분노하여 반항할 것이다. 심할 경우에는 법적 수단으로 소송을 할지도 모른다.

이것을 피하기 위해서는 지식의 양(量)이 늘면 늘수록 사양하듯 조심해야 하는 것이다. 확신이 있는 사항에 대해서도 지나칠 정도로 자기 주장을 내세우지 말아야 한다. 의견을 말할 때도 단언해서는 안 된다. 사람을 설득하고 싶으면 우선 상대의 의견에 차분히 귀를 기울여야 한다. 그 정도의 겸허함이 없으면 안 된다.

만일 네가 학자인 체하면서 고약한 냄새를 피우는 녀석이라는 말을 듣기 싫으면, 그리고 배움이 없다는 말도 듣기 싫다면, 가장 좋은 방법은 지식을 과시하지 않는 것이다. 그리고 주위 사람들과 같은 수준에서 말하는 것이다. 즉 가식 없이 순수하게 내용만을 전달하는 것이 좋다.

그러나 주위 사람들보다 조금이라도 잘난 것처럼 보인다든가, 배움이 있는 것처럼 보여서는 안 된다.

지식은 회중시계처럼 주머니 속에다 넣어두는 것이 좋다. 필요도 없는데, 자랑하고 싶은 마음에 주머니에서 끄집어내어 일부러 시간을 알려줄 필요가 없다는 말이다. 시간을 물어올 경우에만 대답하면 되는 것이다.

학문은 몸에 익혀두지 않으면 곤란하며, 그것은 쓸모 있는 장식품 같은 것이다. 그래서 몸에 익혀두지 않으면 상당히 창피함을 느끼게 된다. 하지만 그것을 잘못 사용하거나 과시하면 비난을 받게 되므로 주의해야 한다.

화려한 수식어만으로는 훌륭한 내용이 될 수 없다

오늘은 지쳐버렸다. 몹시 피곤하다. 가혹한 꼴을 당했다고나 할까.

먼 친척이면서 학식이 풍부한, 그야말로 훌륭한 신사인 사람이 나를 찾아주었기 때문에 함께 식사를 한 후 저녁 한때를 보냈다.

그런데 왜 그것이 즐겁지 않았는지 궁금할지 모르겠지만, 그것은 정말 가혹한 일이었다. 그 사람은 예의도 없거니와 말하는 방법조차도 모르는 소위 '학식 있는 바보'였다.

흔히들 세상 돌아가는 이야기를 '뿌리도 잎도 없는 시시한 이야기'라고 말하는데, 이 사람의 말은 뿌리와 잎이 모두 달려 있음에도 불구하고 형편없는 이야기뿐이었다. 정말이지 넌더리가 났다.

나와 무관한 세상 이야기라면, 차라리 뿌리도 잎도 없는 편이 얼마나 고마운 일인지 모른다.

물론, 오랫동안 연구실에 들어앉아 정치에 대한 생각도 하고 자기 의견도 확립했을 것이다. 하지만 매사에 자기 의견만 주장하면서, 내가 그 의견에 조금이라도 반대되는 말을 할라 치면 눈을 부릅뜨고서 분개하는 것이었다. 분명히 그의 말은 하나하나가 거친 것뿐이었다. 유감스럽게도 현실성이 결여되어 있었다.

왜 그런지 아느냐? 책만 읽었을 뿐, 사람들과는 교제를 하지 않았기 때문이다. 그는 학문에는 통달했지만 인간에 대해서는 먹통이었다. 자기의 생각을 말로 표현할 때도 무척 고심하는 것 같았지만 그 표현이 제대로 되지 않았다. 말이 제대로 된다 싶으면 도중에서 끊어버리기 일쑤였다. 게다가 말투는 무뚝뚝하기 짝이 없었고 동작은 상스러웠다.

아무리 학식이 많고 훌륭한 인물이라 하더라도, 나는 이런 사람과는 대화하고 싶지 않았다. 차라리 소소하게 알고 있는 세상사에 대해 거침없이 떠들어대는, 교양 없는 여자를 상대로 대화하는 편이 나을 거라는 생각이 들 정도였다.

세상물정 모르는 학자는 되지 마라

세상이 어떻게 돌아가는지도 제대로 모르는 사람이 자기주장만 내세우면, 이 세상이 그런 방식대로 나가지 않는다는 것을 알고 있는 상대방은 질릴 수밖에 없을 것이다. 이런 사람을 상대로 '세상은 그런 것이 아닙니다.'라고 말참견을 할 경우, 이야기가 좀처럼 끝나지 않을 것이 분명하다. 이런 사람의 경우, 물론 상대방의 말에 귀 기울이는 노력 따위는 하지 않는다.

그것도 그럴 것이, 그런 사람은 옥스퍼드나 케임브리지에서 몸에 녹이 슬 정도로 생각했기 때문이다. 인간의 두뇌에 대해서, 심리에 대해서, 이성·의지·감각·감상(感傷)에 대해서…… 등등. 보통 사람으로는 생각조차 할 수 없는 데까지 세분화하여 인간을 끝까지 연구하고 분석하면서 자설(自說)을 확립한 것이다. 그러므로 쉽게 물러날 리가 없다. 따라서 자기가 옳다고 생각하는 것도 당연한 일이다.

그러나 나는 그것은 그것대로 훌륭하다고 생각한다. 그러나 곤란한 것은 실제로 인간을 관찰한 일도 교제를 가졌던 일이 없다는 점이다. 그렇기 때문에 그런 사람은 이 세상에는 갖가지 사람들이 있다는 것, 저마다 다른 습관과 편견이나 기호 등이 있다는 것, 그리고 그런 것들이 하나로 묶여 한 사람으로서 존재한다는 것을 알지 못한다. 요컨대 실제 인간에 관한 것은 전혀 모른다는 말이다.

그러하기 때문에, 연구실 안에서 '인간은 칭찬을 받으면 기쁘다.'라는 사실을 알게 되면 자기도 그것을 실천해 보려고 하지만 그 방법을 알지 못하다보니 무턱대고 칭찬해 주려고 든다.

이럴 경우 어떤 결과가 나타날지는 어렵지 않게 상상할 수 있을 것이다. 칭찬해 주는 말이 부적당하든가, 분명하지 않다든가, 도리어 기분이 나쁘다든가……. 그런 것이라면 아무런 말도 하지 않는 편이 오히려 나을 것이다.

하지만 그런 사람들은 자기 일로 머릿속이 복잡하기 때문에 주위 사람들이 지금 어떤 상황에 있는지, 또는 자신이 어떤 말을 하고 있는지는 신경 쓰지 않고 관심을 기울이려고도 하지 않는다. 그러므로 좋은 게 좋다는 식으로 앞뒤도 생각해 보지 않고 칭찬해 버리고 만다.

이럴 경우 칭찬받은 사람은 당황하는 것은 물론이고, 다음에 무슨 말을 할지 몰라 조마조마한 마음을 갖는 것도 무리가 아닐 것이다.

인간은 어떻게든 변할 수 있다

세상을 잘 모르는 학자에게는 인간이 어떤 모습으로 보일까? 아마도 뉴턴이 프리즘을 통하여 빛을 보았을 때처럼 색별(色別)로 구분되어 보일 것이다. 이 사람은 이런 색, 저 사람은 저런 색이라는 식으로……

그러나 경험이 풍부한 사람은 다르다. 같은 색상이라 하더라도 여러 가지 요인에 의해 다르게 보이는 것처럼, 사람도 한 가지 색만으로 이루어지지 않았음을 알고 있기 때문이다.

비단이 햇빛을 받는 정도에 따라 엉뚱한 색으로 변하듯이, 상황에 따라 엉뚱한 색으로 변하는 것이 인간이다. 세상을 조금이라도 아는 사람이라면 이런 것쯤은 당연하게 알고 있다.

그러나 바깥세상과 격리되어 혼자 연구실에만 들어앉아 있는 자신만만한 학자는 그것을 모른다. 이것은 머리만으로 알 수 있는 것이 아니기 때문이다. 그러므로 그들이 공부한 것을 실천하려고 해도 뒤죽박죽되어 생각대로 되지 않는다. 그것은 어느 정도 악보를 읽을 줄 알고 멜로디나 리듬을 이해하고 있다 해도, 춤을 추는 것을 본 일이 없거나 댄스를 배운 일이 없으면 춤을 추지 못하는 것과 마찬가지다.

하지만 자기 눈으로 보고, 귀로 들어서 세상을 알고 있는 사람은 전혀 다르다.

만약 '칭찬'의 위력을 알았다면 언제, 어디서, 어떻게 그것을 사용해야 할지를 꼼꼼하게 분별해 둬야 한다. 이를테면, 환자의 상태에 따라 투약이 달라져야 한다는 것이다. 칭찬의 말을 직접적으로 하기보다는 완곡(婉曲)하게 표현하거나 비유적으로 또는 암시적으로 하는 것이 훨씬 효과가 클 수 있다는 말이다. 결국, 머리로 생각하는 것과 현실과는 커다란 격차가 있다는 것이다.

책에서 얻은 지식을 실생활에 실천해야 지혜가 된다

우수한 사람들이 지식이나 인격이 많이 뒤떨어진 사람들을 상대할 때, 정신적으로 피로감을 주지 않고 능숙하게 다루는 것을 너도 본 적이 있는지 모르겠다. 나는 그런 예를 지금까지 수도 없이 보아왔다.

그들은 지식이나 인격을 갖췄음에도 불구하고, 지식이나 인격이 뒤떨어진 사람들의 맹점을 파고들어서 마음대로 움직이려 하는 경향이 강했다.

자기 눈으로 보고 직접 관찰하고 실제로 체험을 하여 세상사를 알고 있는 사람은 단순히 책을 통해서만 세상사를 알고 있는 사람들과 자신이 다르다는 것을 알고 있기 때문이다.

너도 슬슬 지금까지 공부해 온 것, 그리고 보고 들은 것을 종합하여 자기 나름대로 판단함은 물론 자신의 인격이나 행동방식, 예법 등을 굳혀놓아야 할 시기에 접어들고 있다. 이후의 일은 세상사를 알고 나서 다시 닦아도 된다.

그런 뜻에서 세상사에 관해 저술된 책을 읽으라고 권하고 싶다. 책에 씌어져 내용과 현실을 비교해 보면 공부가 될 것이기 때문이다.

예를 들어, 오전 중에 라 로시푸꼬의 격언(格言) 몇 개를 읽은 다음 깊이 고찰하는 시간을 가졌다고 하자. 그랬을 경우 그 내용을 밤에 사교장에서 만난 사람들을 앞에 두고 생각해 보는 것도 괜찮은 방법이라고 생각한다. 만약 라 브뤼예르를 읽었다면, 거기에 묘사되어 있는 세계가 어떤 것인가를 실제로 밤의 사교계에서 확인해 봐도 좋고 말이다.

인간의 심적 동향이나 감정의 흔들림 등에 대해 기술하거나 묘사한 책은 참으로 많다. 그것들을 찾아서 미리 읽어두면, 네가 세상을 이해하는 데 도움이 되리라 생각한다.

또한 그것으로 끝이 아니라, 실제로 사회에 발을 들여놓은 다음 세세하게 관찰하지 않으면 이미 갖고 있는 지식마저도 쓸모없는 것이 될 수 있다는 사실을 명심해야 한다. 잘못된 방향으로 나갈 수도 있고 말이다. 방 안에서 세계지도를 펴놓고 무조건 들여다본다고 해서 세계에서 벌어지고 있는 일을 알 수 있는 것은 아니지 않느냐. 그와 마찬가지라고 생각하면 된다.

네 의견에 설득력을 불어넣어라

오늘은 영국에서 율리우스력(曆)을 그레고리력으로 개정하는 법안을 상원에 제출했을 때 있었던 일에 대해 말하려 한다. 틀림없이 너에게 참고가 될 것이라 생각한다.

율리우스력이 태양력을 11일이나 초과한 부정확한 달력이라는 것은 주지의 사실이었다. 그것을 교황 그레고리우스 13세가 개정했고, 유럽 가톨릭 세력은 그 그레고리력을 즉시 수용했다. 이어서 러시아와 스웨덴, 그리고 영국을 제외한 모든 프로테스탄트 세력들이 수용했다.

유럽을 움직이는 주 세력이 그레고리력을 채용하고 있는데, 우리나라만 잘못이 많은 율리우스력을 의연하게(?) 채용하고 있다는 것을 나는 매우 불명예스럽게 생각했다. 나 이외에도 외국을 여행하고 돌아온 정치가나 무역상 등이 많은 불편이나 곤란함을 느끼고 있었다. 그래서 나는 영국의 율리우스력을 개정하자고 주장하기로 결심했다.

국가의 역사를 바꾼 '나의 화술'

우선, 나라를 대표할 수 있을 정도의 우수한 법률가와 천문학자 몇 명의 협력을 얻어서 법안을 작성했다. 여기서부터 나의 노고가 시작되었다. 당연한 일이지만, 법안에는 법률적 전문 용어와 천문학상의 계산 등 여러 가지 문제들이 잔뜩 담겨 있었다.

물론 나는 법안이 준비되면 제안할 예정이었으나, 나는 그 어느 쪽의 형편도 잘 알지 못한 상태였다. 법안을 성립시키기 위해서는 나도 다소의 지식을 가지고 있어야만 했고, 의회 사람들에게도 그런 지식을 사전에 알려줄 필요가 있었다. 또한 나처럼 이런 일에 관해서 형편을 잘 모르고 있는 의원들에게도 조금은 이해시켜둘 필요가 있었다.

천문학을 설명하는 일이나, 켈트어와 슬라브어를 습득하여 그것으로 말하는 일 등은 나로서는 그리 어려운 일이 아니었다. 그러나 다른 의원들은 어려운 천문학 이야기 같은 것에 흥미를 갖지 않을 것이라는 생각이 들어, 전문용어를 쓰지 않고서 내용 설명을 하여 의원들의 마음을 사로잡아야겠다고 결심하고 이집트력에서 그레고리력에 이르는 경위에 대해 일화(逸話)를 섞어서 재미있게 설명했다. 말, 문체, 화술, 몸을 놀리는 태도 등에 특히 신경을 집중한 결과, 이에 대해서 성공했다. 그러므로 앞으로의 일도 성공할 것이 틀림없다고 생각했다.

의원들은 이해하고 있는 듯한 표정을 지었다. 과학적인 설명 같은 것은 아무것도 하지 않았는데도 불구하고, 수 명의 의원들이 나의 설명으로 모든 것을 확실히 알 수 있게 되었다고 말했다.

나의 설명에 이어서 법안 통과를 쉽게 하는 데 도움이 되리라 생각하고, 법안 작성에 누구보다도 많은 힘을 빌려준 유럽 유일의 수학자이자 천문학자인 마구레스필드 경이 전문적인 견해를 피력했다. 그러나 그의 말솜씨가 사람들에게 호감을 주지 못한데다가 말이 두서가 없어서인지, 오히려 내가 많은 칭찬을 받는 모양새가 되고 말았다.

너도 알고 있겠지만, 말하는 사람이 점잖지 못한 태도로 말을 한다든지 말하는 솜씨가 엉망인 경우, 그의 말에 귀 기울이고 싶어 하지 않는 것은 당연한 일일지 모른다. 아울러 그 사람의 인격에 대해서도 호의를 갖지 않을 것이라고 생각된다. 하지만 이와는 정반대로 사람들이 호감을 갖게끔 말을 하면 그 내용까지 훌륭하게 들릴 뿐 아니라, 그 사람의 인격까지도 존경하게 되는 법이라는 것을 명심해 주기 바란다.

중심 내용도 중요하지만 사소한 것도 신경 써라

만일 네가 전하고 싶은 내용을 아무런 꾸밈도 없이 논리 정연하게 말할 수 있다고 해서, 그것으로 충분하리라고 생각하고 정계(政界)로 뛰어들 작정이라면 그것은 가당찮은 일이다. 사람들 앞에서 말할 때는 내용도 중요하지만, 그에 못지않게 달변인가 아닌가로 평가가 이루어지는 경우가 많으니까 말이다.

사적인 모임에서 사람들의 마음을 사로잡고 싶을 때나 공적인 회합에서 청중들을 설득하고 싶을 때, 내용보다도 지엽적인 것들이 더 크게 영향을 미칠 때가 많다. 그 사람의 분위기·표정·몸짓·품위·발성법·억양의 유무·어느 것을 강조할 것인가 등……

나는 피트 씨와 스트마운드 경의 백부가 되는 사법장관인 뮤레이 씨가 이 나라에서 가장 연설을 잘하는 인물이라고 생각한다. 이 두 사람 이외에는, 영국 의회를 조용하게 만들거나 논쟁의 과열을 진정시킬 수 있는 사람이 없다. 이 두 사람의 연설에는 그 소란스러운 의원들을 침묵시키고서 모든 사람들의 귀를 기울이게 할 수 있는 힘이 담겨 있다. 이 두 사람 중에 누구든 좋으니까, 그들이 한창 연설을 하고 있을 때 한번 가보는 것도 좋다. 핀이 떨어지는 소리가 들릴 정도로 조용하다는 것을 알게 될 것이다.

그렇다면 그 힘은 어디서 오는 걸까? 내용이 훌륭하기 때문일까? 뒷받침이 튼튼해서 그런 것일까? 나도 그들의 연설에 매혹 당한 사람 중의 한 사람으로서, 어떻게 그처럼 멋지게 연설을 할 수 있을까 하고 생각해 본 일이 있다. 그 사람들이 무엇을 말했던 것인지 하나하나 되짚어보니, 놀랄만한 내용도 거의 없었고 설득력이 결여된 것도 많았다. 결국, 나는 겉보기의 허식에 매혹 당했던 것에 불과했던 것이다.

어떤 꾸밈도 없이 논리 정연한 연설은, 지적인 사람이 두서너 명밖에 모이지 않는 사적 모임에서는 설득력도 있고 매력이 있다고 생각될지도 모른다. 하지만 많은 사람들을 상대로 하는 공적인 장소에서는 통용되지 않는다. 이것이 세상이다.

대부분의 사람들은 연설에서 어떤 교훈을 얻어내기보다 즐겁게 들을 수 있는 쪽을 택한다. 원래, 연설에서 교훈을 얻어낸다는 것은 그리 기분 좋은 일이 아니기 때문이다. 연설이란 듣는 사람의 귀에 매끈하게 꽂혀야 하고, 사람들을 칭찬해 주기 위해서는 우선 비위가 좋아야만 한다는 생각이 새삼스럽게 드는 것도 그런 이유에서일 것이다.

하지만 그런 점은 연설에 있어서 중요한 점이 아니므로 이 나라 사람들이, 그리고 특히 네가 다시 생각해 봐야 한다고 생각한다.

자기 표현력을 길러라

말을 잘하는 사람이 되고 싶으면 어떻게 해야 하는가?

말을 잘하는 사람이 되기 위해서는, 우선 그러한 목표를 세워야 한다. 그리고 그것을 실현하기 위해서 책을 읽고 문장 연습을 하는 등으로 온 신경을 거기에 집중시켜야 한다.

먼저, 자신에게 이렇게 말을 해봐라.

"나는 사회에서 어엿한 인간이 되고 싶다. 그러기 위해서는 말을 잘하지 않으면 안 된다."

그리고 일상적인 회화를 통해 자신이 말하는 방법을 다듬어야 한다.

또한 말의 내용은 정확해야 하고, 아울러 품위가 있어야 한다. 거드름을 피우는 말버릇 등이 있다면 한시라도 빨리 없애야 한다.

고전이나 현대의 것을 불문하고 웅변가가 쓴 책을 읽는 것도 하나의 방법이다. 여하간 말을 잘하기 위해서는 좋은 문장을 많이 읽는 것이 필요하다는 말이다.

책에서 좋은 표현만을 골라내라

책을 읽을 때는 문체와 표현법에 주의를 기울이는 노력이 필요하다.

어떻게 하면 보다 좋은 표현을 쓸 수 있을까, 같은 내용이라도 어느 표현이 더 좋은지를 생각해 가면서 읽어야만 도움이 된다. 또한 책에 쓰인 문장과 자신의 표현 방법이 어떻게 다른지, 어떻게 다른 인상(印象)을 주는지에 관심을 갖고 읽는 것이 좋다.

아무리 훌륭한 내용일지라도 말하는 방법이 이상하다든가, 문장에 품위가 없다든가, 문체가 맞지 않을 경우에 얼마나 흥이 깨지는가를 관찰해 두는 것도 필요하다.

화술과 작문은 자기만의 스타일을 찾아라

자유로운 대화나 친한 사람에게 보내는 편지라 할지라도, 자기 스타일을 갖는 것이 필요하다.

또한 대화를 하기 전에 준비하는 태도가 무엇보다 중요하다. 하지만 준비할 수 없는 경우였다면 대화를 끝낸 후에라도 좀 더 말을 잘할 수 있는 방법이 없었는지를 생각해 봐라. 그런 노력만으로도 훨씬 향상될 수 있을 테니 말이다.

바른말을 사용하고, 발음은 분명하게 해라

너는 대중의 마음을 사로잡은 배우나 광대들이 어떤 식으로 말을 하고 있는지에 관심을 가져본 일이 있느냐? 잘 관찰해 보면 알 수 있겠지만, 훌륭한 배우는 바른말을 사용하고 발음을 분명하게 한다. 말은 개념이나 내용을 바로 전달하기 위해 하는 것이기 때문이다.

그런데 개념을 제대로 전달할 수 없는 말을 한다든가 귀도 기울이고 싶지 않은 말을 한다면 그거야말로 바보스러운 일일 뿐이다. 그러니 매일 큰 소리를 내서 책을 낭독하는 것을 하트 씨에게 좀 들어봐 달라고 부탁해라. 숨쉬는 방법, 강조하는 방법, 그리고 읽어나가는 속도 등에 부적당한 곳이 있으면 일일이 지적해 달라고 하여 교정 받는 것이 좋을 것이다.

책을 낭독할 때는 입을 크게 벌리고 한 마디 한 마디를 분명하게 발음해야 한다. 만약 조금이라도 빠르다든가 말이 또렷하지 못하면 지적해 달라고 해야 한다.

혼자서 연습할 때는 네가 읽는 소리를 귀로 잘 들어가면서 처음에는 천천히 읽어나가는 것이 좋을 듯싶다. 그리하여 무엇이든 빠르게 읽는 너의 나쁜 버릇을 고쳐가는 것이 좋을 것이다. 왜냐하면 너의 발음은 걸리는 느낌이 들어, 빠르게 말할 때는 이해하기 어려운 점이 있기 때문이다. 발음하기 어려운 자음(子音)이 있다면, 너의 경우 r일 것이다. — 발음이 완벽하게 될 때까지 몇 천 번이고 연습을 해라.

자기 생각을 문장으로 구성하는 훈련을 날마다 해라

사회적으로 이슈가 되는 몇 가지 문제를 가려 뽑은 다음 그 문제에 관해 반드시 나올 찬성 의견이나 반대 의견을 머릿속에서 생각해 보며 논쟁하는 연습을 해봐라. 그리고 그것을 가능한 품위 있는 영어로 바꾸어보는 것도 좋은 공부가 될 것이다.

예를 든다면, 상비군(常備軍)의 가부(可否)에 대해 한번 생각해 보기로 하자. 반대 의견 중의 하나로, 강대한 군사력에 의해서 주변 국가에

위협을 주게 된다는 의견이 나올 수 있을 것이다. 아울러 찬성 의견 중의 하나로는, 힘에는 힘으로 대항할 필요가 있다는 의견이 나올 것이다. 이런 찬반양론을 생각할 수 있는 데까지 생각해 보는 노력이 필요하다는 말이다.

상비군을 갖는다는 것은 본질적으로 필요악이지만, 상황에 따라 타국의 침략을 방지할 수도 있다. 그럼에도 불구하고 그것이 필요악인지에 대해서는 보다 확실하게 생각해 보면 어떨까 싶다.

그런 다음 자기 나름대로의 생각을 종합하여 그것을 우아한 문장으로 다시 구성해 보라는 말이다.

이것은 의론(議論)의 연습도 되고, 항상 멋지게 말할 수 있는 습관을 몸에 익힐 수 있는 방법이 되기도 한다.

'듣는 사람이 무엇을 바라고 있는가?'를 생각해라

사람을 지배하려면, 과대평가하지 않는 것이 중요하다고 말한 적이 있을 것이다. 이와 마찬가지로 연설로 청중을 기쁘게 해주는 데도 청중을 과대평가하지 않는 것이 중요하다.

나도 상원의원이 처음 되었을 때는 우리 의회에 존경받는 사람들만 모인 것 같은 기분이 들어 위압감 같은 것을 느꼈었다. 그러나 그것도 의회의 실정을 알고 나니 곧 사라져버리고 말더구나.

560명이란 의원 중에 사려(思慮)가 분명한 사람은 겨우 30명 정도이고, 나머지는 거의가 평범한 사람들이라는 것을 얼마 지나지 않아 알았단다. 그리고 품위 있는 말로 내용까지 갖춘 연설을 하는 사람도 그 30명 정도에 지나지 않았고, 나머지 의원들은 내용이야 어떻든지 간에 듣기에 괜찮은 연설을 하면 만족하는 수준의 사람들이었다.

그런 것을 알고 나자 연설할 때 그리 긴장도 되지 않았고, 마지막에는 전혀 청중을 의식하지 않고서 연설 내용과 화술에만 집중할 수 있게 되었다. 자만해서 하는 말이 아니라, 어느 정도 내용과 걸맞은 말을 할 수 있을 정도의 양식을 나 자신이 가지고 있다는 생각이 들었기 때문이다.

웅변가란, 마치 재주 있는 제화공(製靴工)과 같다고 할까! 어느 곳에서든 상대방 — 즉 청중과 호흡만 잘 맞추면 그다음은 기계적으로 될 수 있으니까 말이다. 만일 네가 청중을 만족시킬 생각이라면, 청중이 기뻐할 수 있는 방법으로 만족시켜야 한다.

연설자는, 청중의 실정에 따라 좌우되어서는 안 된다. 있는 그대로 그들을 받아들일 수밖에 없다는 말이다. 그리고 몇 번이고 말하지만, 그들은 오감(五感)이나 마음이 이끌리는 부분만 기뻐하고 받아들인다는 사실을 잊지 말기 바란다.

라프레 역시 최초의 작품은 누구에게서도 호평을 받지 못했다. 하지만 독자들의 기호에 맞게 작품을 써냄으로써 독자들의 마음을 움직여 갈채를 받을 수 있었다.

네 이름에 대한 자신감과 자부심을 가져라

어제 네가 청구한 액면 90파운드의 청구서가 날아들었을 때 나는 순간적으로 지불하지 않으려고 생각했다. 금액이 문제가 되어서 그랬던 것은 아니다. 그런 일이 있을 때는 사전에 의논하는 편지라도 보냈어야 했을 텐데, 너는 이 일에 대해서는 편지 한 통도 보내지 않았다.

그뿐 아니라 너의 서명(署名)이 어디에 있는지 알 수가 없었다. 청구서를 가지고 온 사람이 가리키는 곳을 확대경으로 보고서야 비로소 너의 서명이 제일 밑바닥에 있음을 알았다. 처음에는 글을 쓸 줄 모르는 사람의 사인으로만 생각했는데 그것이 너의 서명이었던 것이다.

나는 지금까지 그처럼 작고 보잘것없는 서명을 본 일이 없다. 신사들이나 비즈니스 분야에 몸담고 있는 사람은 언제나 같은 서명을 하는 것이 관례로 되어 있다. 그렇게 함으로써 자기 서명에 익숙해지고 거기에 친근감까지 갖게 되어 가짜가 통용되는 것을 방지할 수 있으니까 말이다. 그리고 서명을 할 때는 다른 문자보다도 크게 쓰는 것이 일반적인 관례인데, 너의 서명이라는 것은 오히려 다른 문자보다도 적어서 보기에도 민망했다.

그런 서명을 보고, 네가 이런 서명을 계속하는 동안에 네 신변에 일어날지도 모를 갖가지 좋지 못한 사태가 떠오르더구나.

각료(閣僚)에게 그런 서명의 편지를 보낸다면, 이것은 보통 사람이 쓰는 글이 아니므로 혹 기밀문서일지라도 모른다고 생각하여 암호 해독 담당자 앞으로 보낼지도 모르는 일이 아니겠느냐. 또한 병아리를 보내는 척하고 그 속에다 연애편지를 숨겨놓는다면(이것은 프랑스의 헨리 4세가 연애편지를 보낼 때 자주 사용한 방법인데, 이 때문에 지금은 병아리나 짧은 연애편지가 모두 Poulet이라는 말로 표현되고 있다), 그것을 받은 여인은 그 연애편지가 가금상(家禽商, 집에서 기르는 날짐승을 사고 파는 사람)의 짓이라고 생각할 것이 틀림없지 않겠느냐.

서둘러라, 그러나 당황하지 마라

당황했기 때문에 그런 서명밖에는 할 수 없었다고, 너는 그렇게 말할 지도 모른다. 그렇다면 무엇 때문에 당황했을까?

지성인은 서두르는 일은 있어도 당황하지는 말아야 한다. 당황하면 기껏 일을 해놓고도 손해를 볼 수 있기 때문이다. 그래서 서두르는 일은 있어도, 일을 망쳐버리는 일이 없도록 항상 신경을 써야 한다.

대체적으로 맡겨진 일의 양이 너무 많을 경우, 소심한 사람과 분별 있는 사람의 행동이 다르게 나타남을 알 수 있다.

소심한 사람은 몹시 당황할 뿐 아니라, 남에게 질 수 없다는 조바심 때문에 쓸데없이 이리저리 왔다 갔다 하면서 혼란스러워한다. 그리하여 제대로 머리를 쓸 생각 따위는 하지 못한 채 닥치는 대로 해치우려고 하기 때문에 일을 그르치는 결과를 낳고 만다.

하지만 분별 있는 사람은 하고자 하는 일을 제대로 끝내는데 필요한 시간을 사전에 준비해 둔다. 만약 서둘러야 하는 일이 생기면 한 가지 일에만 신경을 집중하면서 냉정하고 침착하게 대처한다. 한 가지 일을 끝내기 전에는 다른 일에 손을 대지 않는다는 말이다.

너도 여러 가지 해야 할 일이 많기 때문에 시간이 충분하지 못한 경우가 간혹 있을 것이다. 하지만 이런 경우 모든 것을 적당히 해버리는 것보다는 나머지 반은 손을 대지 않고 그냥 내버려두더라도 반을 완벽하게 하는 것이 좋은 방법이라고 생각한다.

뿐만 아니라, 분별 있는 사람은 교양 없는 사람들과 어울리면서 시간을 낭비하거나 잘못된 글을 쓰는 등의 어리석음에 현혹되지 않는다. 평소에 자신에게 주어진 시간 관리를 제대로 하여, 해야 할 일을 하지 못하는 사태를 미연에 방지한다는 말이다.

6.

진정한 친구를 만들어라

친구란 자신의 인격을 비추는 거울이다

이 편지가 도착할 즈음, 너는 베니스에서 요란스럽고 소모적인 사육제를 보낸 다음 거처를 토리노로 옮겨 거기서 면학을 위한 준비에 힘을 쏟고 있을 것으로 생각한다. 토리노에서의 체재(滯在)가 너의 면학에 도움이 되고 너의 학력을 신장시켜줄 것이라 믿고 있는 아버지의 마음을 부디 헤아려주기 바란다.

사실을 말한다면, 아버지는 너에 대한 걱정이 멈춰지지 않는다. 들리는 말에 의하면 토리노의 전문학교에 평판이 좋지 않은 영국인이 많다고 하는데, 너도 그것을 알고 있는지 모르겠다. 그런 곳에서 네가 지금까지 공들여 쌓아온 것들을 뭉개버리지 않기를 진심으로 바란다.

그곳에 머무는 영국인들이 어떤 사람들인지 잘 모르겠으나, 클럽을 만들어 거칠고 난폭한 행동을 하거나 무례한 짓을 거침없이 하는 등으로 마음의 편협함을 노정시키고 있다는 얘기가 들려 걱정이 많이 된다.

누군가를 친구로 사귀면 친구로서 그대로 내버려두면 좋은데, 그들은 그것으로 만족하는 부류가 아닌 것 같다. 클럽에 가입하라고 압력을 가하고 집요하게 권유한다는 얘기도 들었다. 그리고 그것이 제대로 이루어지지 않으면 다음에는 조롱하는 방법을 사용한다고 하니, 어찌 마음이 편하겠느냐.

너와 비슷한 나이로 경험이 별로 없는 젊은이들이지만, 압력을 가한다든가 억지로 유인하는 일이 옳지 못하다는 것을 그들도 알고 있으리라 애써 믿고 싶다. 아무쪼록 내가 말한 그런 것에 말려들지 않도록 조심해 주기를 바란다.

일반적으로 젊은 사람들은 충고하는 것을 매우 싫어한다. 체면을 손상당했다고 여겨서인지, 충고하는 상대를 나쁘게 생각하기도 하고 친구로 삼고 싶지 않다는 기분도 갖게 되는 모양이다.

물론 그런 기분 자체가 잘못된 것은 아니다. 그러나 상대가 싫어한다고 해서 그저 좋게만 대해 주는 것은 올바른 태도가 아니다. 무조건 좋게만 대할 경우 상대가 좋은 사람이라면 좋은 결과를 가져오겠지만, 상대가 그런 사람이 아닐 경우에는 상대에게 멋모르고 이끌려 다니다가 최악의 사태를 낳을 수도 있기 때문이다.

만일 자기에게 결점이 있다면, 자기의 결점을 고치려는 노력만으로도 충분하다. 다른 사람의 나쁜 점까지 흉내 내어 결점을 늘려가는 어리석은 사람이 되지 않기를 진심으로 바란다.

오래도록 식지 않는 우정이 참된 우정이다

토리노의 대학에는 별의별 사람들이 다 있을 것이다. 그런데 그런 사람들과 곧 친해지고 친구가 될 것이라고 생각하는 것은 잘못이다.

그것은 엉뚱한 우쭐함이다. 참된 우정이란 그렇게 간단히 손아귀에 들어오는 것이 아니다. 오랜 시간에 걸쳐서 서로를 알고 이해할 수 없으면 참된 우정은 싹틀 수 없는 것이다.

하지만 그와는 다른 이름뿐인 우정이라는 것이 있다. 젊은 사람들 사이에 만연하고 있는 것이 바로 그것이다. 이 우정은 잠시 동안은 따뜻하지만, 약간 시일이 흘러가면 (고마운 일이지만) 언제 그랬냐는 듯이 식어버리고 만다.

몇 사람이 우연히 만나 함께 앞뒤도 없이 행동하고 놀이에 미쳐서 날뛰는 그런 우정은 소위 말하는 속성 재배의 우정일 것이다. 이렇게 속성으로 맺어진 우정이나 술과 여자로 연결되어 있는 우정이 훌륭한 우정이 될 수 없다는 것 정도는 너도 알고 있으리라고 믿는다.

그런 행동을 사회에 대한 반항이라 생각할 수도 있겠지만, 그것은 주벽에 가까운 경박단소(輕薄短小)한 흉내일 뿐이다. 그들은 자기들의 안이한 관계를 우정이라 부르면서 멋대로 돈을 빌려주기도 하고 빌리는가 하면, 친구를 위해서라고 선동까지 하며 패싸움에 끌어들이기도 한다. 하지만 이런 사람들은 어쩌다가 사이가 나빠지면 손바닥 뒤집듯이 상대방의 약점을 폭로해 버리기도 하고, 지금까지 유지해 왔던 신뢰 관계를 배반하거나 우롱할 수도 있다는 점을 잊지 말기 바란다.

함께 있으면 즐겁다고 해서 모두가 친구가 될 수 있는 것은 아니다. 세상에서 쓸모없는 사람은 결코 누군가의 친구가 될 수 없다는 말이다.

나와 상관없는 사람일지라도 적으로 만들지 마라
어떤 친구를 사귀느냐에 따라 그 사람에 대한 평판 또한 달라지기 마련이다. 이것은 도리에 어긋난 일이라고 할 수 없다.

이에 대해 잘 표현한 말이 있다.

누구와 살고 있는지 말해 달라.

그러면

네가 어떤 사람인지 맞춰주마.

만약 네가 부도덕하거나 어리석은 사람을 친구로 가지고 있으면, 너 또한 그런 사람들과 마찬가지로 양심의 가책을 받을 일을 한 것은 아닌지, 감춰두고 싶은 비밀 같은 것이 있지 않나 하고 의심받을 수 있다.

따라서 부도덕하거나 어리석은 인물이 가까이 접근해 오면 슬며시 몸을 피하는 것이 상책이다. 그러나 여기서 주의해야 할 점은, 필요 이상으로 상대방을 냉대하여 적으로 만들지 말아야 한다는 것이다. 친구가 되고 싶지 않더라도, 누군가를 적으로 만드는 것은 결코 잘하는 일이 아니기 때문이다. 나쁜 짓이나 멍청한 행동은 증오하되 사람은 적대시하지 말아야 한다는 것이 내 지론이다.

이럴 경우, 나는 적도 아니고 아군도 아닌 중립적인 태도를 취할 것이다. 이것이 가장 안전한 방법이기 때문이다. 누군가가 적의를 가질 경우, 친구든 아니든 간에 참혹한 꼴을 당할 수도 있을 테니 말이다.

상대가 누구든지 간에 말을 하는 것이 좋은지 나쁜지, 행동으로 옮기는 것이 좋은지 나쁜지를 가릴 줄 알아야 한다. 한마디로 말해 자기 자신을 컨트롤할 수 있는 능력을 가져야 한다는 말이다. 분별을 잘못했을 경우, 오히려 상대방을 화나게 만들 수도 있으니 말이다.

노골적으로 말해서 그런 것을 제대로 가릴 줄 아는 사람은 그리 많지 않다. 대체적으로 쓸데없는 것에 이끌려 완고하게 입을 다물어버리거나, 반대로 자기가 알고 있는 것을 모조리 폭로하여 적을 만들어버리는 일이 비일비재하다는 말이다.

어떤 사람을 사귀어야 발전할 수 있는가?

친구에 관한 이야기는 이 정도로 하고, 이번에는 어떤 사람과 사귀는 것이 유익한가에 대해서 생각해 보자.

아래를 보지 말고 위를 봐라

우선, 가능하면 자신보다 훌륭한 사람들과 사귀도록 노력해라. 훌륭한 사람들과 사귀면 자신도 어느 정도는 그 사람들과 비슷해진다. 반대로 자기보다 정도가 낮은 사람과 사귀면 자신도 그 정도의 사람이 되어버리고 만다. 앞에서도 말한 것처럼, 사람은 어떤 사람을 사귀느냐에 따라 자신의 모습이 달라지는 것이다.

여기서 내가 '훌륭한 사람'이라고 하는 것은, 가문이 좋다든가 지위가 높은 사람을 가리키는 것이 아니다. 내실을 갖춘 사람으로, 세상 사람들이 인정하며 존경을 표하는 사람을 말하는 것이다.

어떤 사람을 일반적으로 '훌륭한 사람'이라고 할까? 사회에서 주도적인 입장을 취하고 있는 사람 — 즉 사교장에서 화려한 활동을 펼치는 사람, 특수한 재능과 특징을 가진 사람, 특정 분야의 학문이나 예술에 뛰어난 업적을 나타낸 사람을 두고 훌륭하다고 말하지 않을까 싶다.

그렇지만 자기 자신만 그렇다고 생각하는 것으로는 안 된다. 지방 사람들 모두가 훌륭하다고 인정하는 그런 사람이라야 한다.

사람을 사귀는 데 적합한 곳이 특정한 목적을 가지고 모인 집단이라고 할 수 있는데, 그 집단이란 곳을 자세히 들여다보면 의심스러운 구석이 적지 않다. 단순히 뻔뻔스러움만 가지고 동료라는 이름으로 참가하는 사람도 있고, 어느 중요 인물의 소개로 마지못해 얼굴을 내미는 인간도 있으니 말이다.

물론 여러 가지 인격의 인간, 여러 가지 도덕관을 가진 인간들을 만나 관찰하는 것이 즐겁기도 하고 이익이 될 수도 있다. 하지만 결국 주류(主流)는 내실을 갖춘 훌륭한 인물들이다. 뿐만 아니라, 사회라는 곳은 눈썹을 찌푸리게 하는 일을 서슴지 않는 인물을 절대로 인정하거나 존경하지 않는다.

그런 뜻에서 말한다면, 신분이 높은 사람들이 모인 집단도 그 지방에서 훌륭하다고 인정받지 못하는 한 그리 바람직한 것이라고 말할 수 없다. 그들 중에는 머리가 텅 비어 있는 사람, 상식적인 예법도 모르는 사람, 그리고 아무것에도 쓸모없는 사람이 적지 않으니 말이다.

학식이 많은 사람들이 모인 집단도 마찬가지다. 사회에서 정중한 대접을 받고 존경을 받는 것은 확실하나, 사람을 사귀는 데 적당한 집단이라고 말하기에는 어렵다. 앞에서 상세하게 언급한 것처럼, 그들은 세상사를 모르고 학문밖에는 모르기 때문이다.

하지만 학식이 많은 사람들의 집단에 가입할 수 있을 정도의 기지가 너에게 있다면, 때때로 얼굴을 내밀어보는 것도 괜찮은 일이라고 생각한다. 네가 그렇게만 할 수 있다면, 너의 평판이 올라갈 일은 있어도 내려가는 일은 없을 테니 말이다. 그러나 네가 사회에서 활약하게 될 때, 세상사를 제대로 모르는 학자의 친구로 오해받을 수도 있음을 잊지 말아라. 또한 그것이 너의 앞날에 족쇄가 될 수도 있고, 너의 활동에 지장을 줄 수도 있다는 사실을 유념하기 바란다.

적당한 거리를 두는 것도 필요하다

많은 젊은이들이 재기(才氣) 넘치는 인물이나 시인을 동경의 대상으로 삼는다는 얘기를 들었다.

자기에게 재기가 있다면 그것은 무척 즐거운 일일 테고, 재기가 없는 사람은 당연히 그런 사람과 사귀고 싶어 할 것이다.

그러나 재기 넘치는 매력적인 인물과 사귈 경우라도 완전히 빠져버려서는 안 된다. 판단력을 잃지 말고 적당한 거리를 두고 사귀는 것이 좋다.

재능과 지혜가 많은 사람이라고 해서, 무턱대고 기뻐하면서 받아들일 일은 아니다. 반대로 그 사람이 공포의 대상이 될 수도 있기 때문이다. 그것은 여인이 총을 보고 겁내는 것과 비슷하다. 안전장치가 저절로 풀려 총탄이 자기를 향해서 날아오지나 않을까 하는 생각이 들수도 있다는 말이다.

하지만 재능이나 지혜가 있는 사람들과 아는 사이가 되어 친하게 사귄다는 것은 그런 대로 의미 있고 즐거운 일이다. 그러나 매력이 좀 있다고 해서 다른 사람과의 관계를 끊고 그 사람들하고만 교제하는 것은 좀 생각해 볼 문제다.

결점까지 칭찬하는 사람과는 친하게 지내지 마라

어떤 일이 있어도 피해야 할 것은 수준이 낮은 사람들과 사귀는 일이다. 인격적으로 수준이 낮고 덕이 낮고 지능의 정도가 낮고 사회적인 위치도 낮은 사람, 자신에게 아무런 이익도 되지 않으면서 너와 사귀고 있는 것만을 자랑으로 삼는 그런 사람들 말이다.

이런 사람은 너와 관계를 연결해 두기 위해서 너의 결점까지 칭찬할지도 모른다. 그런 사람들과는 절대로 교제해선 안 된다.

너는 내가 이런 당연한 일까지 주의를 주는 것에 놀랄지도 모르겠다. 하지만 나는 수준이 낮은 사람들과 사귀어서는 안 된다고 주의를 주는 일을 전혀 불필요하다고 생각지 않는다. 왜냐하면 분별력도 있고 사회적인 위치에 있는 사람들이 그런 사람들과 교제하여 신용이 떨어지고 추락해 가는 것을 그동안 적잖게 보아왔기 때문이다.

여기서 가장 문제가 되는 것은 허영심이다. 인간은 허영심 때문에 수많은 악행을 범하기도 하는데, 자기보다 수준이 낮은 사람들과 사귀는 것도 이런 허영심의 하나라고 생각된다.

사람들은 대부분 그룹 중에서 첫째가 되고 싶어 한다. 또한 친구들로부터 칭찬이나 공경을 받으면서 자기 생각대로 친구들을 부리고 싶어하기도 한다. 그래서 그런 시시한 칭찬의 소리를 듣기 위해 수준이 낮은 사람들과 사귀는 사람도 적지 않다.

하지만 이럴 경우 어떤 결과를 초래하리라고 생각하느냐? 마침내 자기도 그런 사람들과 같은 꼴이 되어버려서, 좀 더 훌륭한 사람과 사귀고 싶다는 생각이 들어도 이미 때가 늦어버리고 말 수도 있는 것이다.

되풀이해서 말하지만, 사람이란 교제하는 상대와 같은 수준까지 올라가거나 비슷한 수준에 머무르기 마련이므로 사람을 만날 때는 신중을 기하기 바란다. 또한 교제하고 있는 상대에 의해서 판단된다는 사실을 잊지 말기 바란다.

굳은 결의와 의지로 교제법을 익혀라

나는 내가 처음으로 사교장에 얼굴을 내밀어 훌륭한 사람들을 소개받았던 당시의 일을 지금도 분명하게 기억하고 있다.

그때는 케임브리지의 때가 내 몸에 끼기 시작할 무렵이었는데, 눈이 부시도록 아름다운 어른 앞에 서면 자리에 선 채 꼼짝도 못했을 만큼 두려움에 떨었다. 나는 우아하게 행동하겠다고 수도 없이 다짐했지만, 인사를 할 때는 늘 상대보다 머리가 더 수그러지면서 그저 우러러보이기만 할 뿐이었다. 상대방이 먼저 말을 걸어올 때도 그랬지만, 내가 말을 걸어보려고 할 때도 손과 발은 물론이고 머리나 입이 제대로 말을 듣지 않았다. 게다가 무엇인가 소곤거리고 있는 사람이 눈에 띄면 나에 대해서 말을 하거나 비판하고 있는 것처럼 생각되어 바보가 된 것처럼 의기소침해졌다.

곰곰 생각해 보면, 쓸데없는 일을 가지고 나처럼 머리를 번거롭게 만들었던 풋내기도 없을 거라 여겨진다.

그때 나는 마치 복역하고 있는 죄인과 같은 기분으로 그 장소에 머물곤 했는데, 눈앞에 있는 사람들과 교제하여 자신을 닦아보겠다는 강한 결의와 의지가 없었다면 그 장소에서 슬금슬금 물러났을 것이 틀림없다.

하지만 나는 발에 힘을 주고 그 자리에 멈춰 섰다. 어떻게 해서라도 그 분위기에 어울려야겠다고 생각했기 때문이다.

그렇게 결심하자 차츰 마음이 가벼워졌고, 앞서처럼 보기 흉한 인사는 하지 않게 되었다. 그리고 누군가가 말을 걸어와도 입이 열리지 않거나 말을 더듬는 일 등으로 힘들어하지 않을 만큼 자연스러워졌다.

모든 동기는 스스로 만들어야 한다

그런 자리에서 내가 곤혹스러워한다는 것을 아는 사람들은 틈이 날 때마다 내 곁으로 다가와서 나를 북돋아주었다. 그럴 때면 마치 천사가 나를 위로해 주기 위해서, 아니 나에게 용기를 심어주려고 찾아온 것처럼 생각되었다.

나는 용기를 내서 품위 있는 한 부인에게 다가가 "오늘은 날씨가 참 좋습니다." 하고 말을 걸어보았다. 그러자 그 부인도 매우 정중한 태도로 "나도 그렇게 생각합니다." 하고 대답해 주더구나.

그런데 그 대답을 들은 나는 그만 말이 막혀버리고 말았다. 내 쪽에서 뭐라고 더 할 말이 없었던 것이다.

그러자 그 부인이 다시 입을 열었다.

"그렇게 허둥거릴 필요 없습니다. 당신이 지금 나에게 말을 걸어온 것만 봐도 당신은 매우 용기 있는 사람입니다. 그런데도 이곳에 계시는 사람들과의 사귐을 단념하려 한다면 그것은 어리석은 일입니다. 그것을 당신도 잘 알고 있을 것입니다. 당신이 허물에서 벗어나려고 하는 것을 말입니다.

그러니 그 방법을 빨리 몸에 익히도록 하세요. 무엇보다도 그렇게 하겠다는 결심이 중요합니다. 당신은 자신이 생각하고 있는 것처럼 서툰 분이 아닙니다. 경험이 쌓이면 곧 자연스러워질 겁니다. 만일 내 밑에서 수업 받고 싶은 생각이 있다면 나의 제자로서 친구들에게 소개해 드리고 싶습니다만……."

부인의 말을 듣고 얼마나 기뻐했을지는 상상에 맡기겠다. 그리고 또 내가 얼마나 어색한 대답을 했을 것인지도……. 나는 두세 번 연달아 헛기침을 했다. 기침을 하지 않고서는 목구멍에 무엇이 걸려 있는 것 같아 말이 나오질 않았기 때문이다. 나는 겨우 생각 끝에 입을 열었다.

"대단히 감사합니다. 하지만 제가 저의 행동에 자신을 갖지 못한 데는 그만한 이유가 있습니다. 그것은 훌륭한 사람들과 사귀는 일에 익숙하지 못한 탓입니다. 그런데 저의 선생님이 되어주시겠다고 말씀해 주시니, 열심히 배워보겠습니다."

내가 더듬대면서 말을 끝내기가 무섭게 그 부인은 서너 명의 사람을 불러 모은 다음 프랑스어로 이렇게 말했다(당시 나는 프랑스에 있었다).

"여러분, 나는 이 젊은이를 제자로 받아들이기로 결정했습니다. 이 젊은이도 그것을 무척 기뻐하고 있군요. 이분은 내가 하고 있는 일이 마음에 들었나 봅니다. 그렇지 않았다면 나를 찾아와서 몸까지 흔들어가며 '오늘은 날씨가 참 좋습니다.' 하고 용기 있게 말을 걸어오지 않았을 테니까요.

그러니 여러분들도 도와주세요. 다 함께 이 젊은이를 이끌어줍시다. 이분은 본보기가 필요합니다. 만일 내가 적절한 본보기가 아니라고 생각되면 다른 분을 찾을 것입니다. 그렇다고 해서 오페라 가수나 여자 배우 등을 선택하도록 내버려두어서는 안 되겠죠. 만일 그런 사람들과 어울리게 된다면 세련되게 바뀔 수는 있겠지만 재산을 잃는 것은 물론이고 건강까지 해치고 말 것입니다. 또한 엉뚱한 생각을 하게 되어 끝내는 몰락해 버릴 수도 있을 겁니다."

생각지도 않았던 강의를 듣고 나서 서너 명의 사람들이 웃었다. 나는 석상처럼 서 있었다. 그 부인의 말이 사실인지, 아니면 나를 우롱하는 것인지 분별할 수 없었기 때문이다.

그래서 나는 기쁘기도 하면서 창피한 기분이기도 했고, 용기가 나는 한편 실망감을 느끼기도 하면서 그 말을 듣고 있었다.

대인관계에도 의지와 끈기가 필요하다

그 후에 안 일지만 이 부인이나 이 부인이 소개해 준 사람들 모두가 나를 참으로 잘 감싸주었다. 그래서 나는 점점 자신이 생겨 우아하게 행동하는 것이 창피하지 않게 되었다.

나는 좋은 본보기를 발견하면 그것을 흉내 냈다. 그러자 얼마 지나지 않아 좀 더 자유스러운 기분으로 흉내 낼 수 있게 되었고, 마침내 내 나름대로의 방법을 그것에 더할 수 있게 되었다.

너도 뭇사람들이 호감을 갖는 그런 인간이 되고 싶고 사회에 나가서 어엿한 일을 하고 싶은 생각이 있다면, '하면 된다.'는 끈기를 가져라!
그러면 안 되는 일이 없을 것이다.

사람을 있는 그대로 평가하는 안목을 길러라

젊은 사람은, 사람이든 물건이든 간에 과대평가하는 경향이 있다. 그것은 무엇을 잘 모르기 때문이다. 하지만 사람이나 물건은 그것을 알게 됨에 따라 평가가 점점 내려가기 마련이다.

인간은 네가 생각하는 것처럼 이지적이고 이상적인 동물은 아니다. 감정에 지배되어 간단하게 무너져버리기도 하는 나약한 존재다.

일반적으로 유능하다고 하는 사람도 절대적이지 않다는 것을 너도 알고 있을 것이다. 유능하다는 것은 다른 사람과 비교하여 그렇게 말하고 있는 것에 불과하다. 다시 말해서 일반 사람들보다 결점이 적다는 것만으로 '유능'하다는 우위에 세워놓은 것에 불과한 것이다.

그들은 먼저 자신을 지배하여 결점을 최소화한 다음 나머지 대다수를 쉽게 이끌어 나간다. 하지만 '훌륭하다', 또는 '완벽하다'고 일컬어지는 그 사람들에게도 결점이 있음을 다른 기회에 알게 될 것이다.

저 훌륭한 부르터스도 그러했다. 그는 마케도니아에서 강도질 같은 것을 하지 않았더냐. 프랑스의 추기경인 이셜리외도 그러했다. 그는 자신의 시재(詩才)를 조금이라도 비싸게 팔아보겠다는 생각에서 보기 흉한 행동을 하지 않았더냐. 마르바니 공작 역시 그러했다. 그는 쩨쩨한 꼴을 보이지 않았더냐.

인간이란 도대체 어떤 존재인지를 알 수 있을 때까지는 로슈후고의 〈격언집(Maxims)〉을 읽어보라고 권하고 싶다. 이 책은 인간이 무엇인지에 대해 매우 정확하게 가르쳐주는 책이다. 하루에 조금이라도 좋으니, 이 책을 매일 읽도록 해라.

너도 이 책을 읽으면 인간을 필요 이상으로 과대평가하는 일은 없을 것이다. 그렇다고 해서 인간을 부당하게 멸시하는 책이 아니라는 것도 내가 보증한다. 그 정도로 좋은 책이다.

젊은이다운 명랑함과 쾌활함을 잘 살려라

네 나이 또래의 젊은 사람은 언제나 기운이 넘쳐흘러야 한다. 하지만 젊은이들은 선로(線路)가 없으면 어디로 가야 하는지 모르기 때문에 목의 뼈를 부러뜨리지나 않을까 하는 걱정도 생긴다.

하지만 분별없다는 등으로 무턱대고 충고할 일은 아니라고 생각한다. 젊은 패기에 신중함과 조심성이 더해지면 사람들로부터 환영받을 일도 많으니까 말이다.

그러므로 젊음 특유의 들떠 있는 부분은 내버리고 젊은 사람다운 쾌활함과 밝은 마음을 가지고 당당하게 사람들과 어울려봐라. 젊음의 들떠 있음이 상대를 성나게 할 수도 있지만, 반대로 발랄한 기운은 사람의 마음을 사로잡을 수도 있단다.

그러니 가급적이면 앞으로 만날 사람들의 성격이 어떠한지, 지금 어떤 상황에 놓여 있는지를 사전에 알아봐두는 것이 좋다. 그렇게 하면 계획성 없이 이것저것 상상해 가면서 말을 하지 않아도 될 것이다.

네가 알고 있는 사람들 중에는 마음씨가 좋은 사람들도 있지만, 개중에는 나쁜 사람도 있을 것이다. 또한 그들 중에는 비판을 좋아하는 사람도 있고, 도리어 비판을 당해야 할 사람도 끼어 있을 것이다. 그렇긴 해도 그 장소에 모여 있는 사람들에게 거의 들어맞는 장점을 찾아 칭찬해 준다든가 단점을 옹호해 주면, 자기를 위해서 해준 말이라 생각하고 기뻐할 것이 틀림없다.

비참한 실패와 좌절감은 최대의 스승이 될 수 있다

사람이란 자기보다 우수한 사람들 틈에 끼면 왠지 모르게 자기 자신이 초라하게 느껴지기도 한다. 그래서 다른 사람들이 조용한 소리로 뭔가 수군대면 그것이 자기를 두고 말하는 것이 아닌가 하는 생각이 들기도 하고, 웃고 있으면 자기를 비웃는다고 생각되기도 한다. 내용이 무엇인지도 확실하지 않고 그 말이 자기에게 해당되는 말이 아니어도, 그것이 자기에게 한 말이라고 생각될 수도 있다는 말이다.

스크리브가 '계약(Stratagem)' 속에서 재미있게 쓰고 있는 것처럼 '저렇게 큰 소리로 웃어대고 있는 것은 분명히 나를 보고 웃고 있는 것이 틀림없다.'고 생각해 버리고 마는 것이다.

여하간 우수한 사람들 틈에 끼어서 실패를 거듭하고 좌절감을 맛보는 사이에 너도 차츰 세련된 태도를 몸에 익히게 될 것이라 생각한다.

그러기 위해서 한 가지 방법을 제안해 보려 한다. 남성이든 여성이든 좋으니까, 네가 가장 친하게 지내고 있는 사람 대여섯 명에게 '나는 젊어서 경험이 부족하기 때문에 예법에 어긋난 행동을 할지도 모릅니다. 만약 그런 행동이 발견되면 서슴지 말고 지적해 주십시오.' 하고 부탁해 봐라. 그리고 아울러서 '나의 잘못을 지적해 주시면 우정의 표시로 받아들이고 감사하게 생각하겠습니다.'라고 덧붙이는 것도 잊지 말아라.

이렇게 마음을 솔직하게 털어놓고 도움을 청하면서 동시에 고마움까지 표시한다면, 지적해 준 사람도 기쁘게 생각하면서 다른 사람에게도 그런 사실을 귀띔하는 등으로 너에게 힘이 되어줄 것이다. 그렇게 되면 많은 사람들이 예법에 어긋난 너의 행위나 부적절한 대응(對應)에 대해서 친절하게 충고해 주리라 생각한다.

주변에서 이렇게 도와주는 등으로 분위기가 달라지면, 너의 마음과 몸이 서서히 편안해져서 말하는 상대에게 맞는 대화를 할 수 있을 뿐만 아니라 행동 또한 자연스러워질 것이다.

'허영심'을 '향상심'으로 승화시켜라

허영심 ─ 좀 더 부드럽게 말하면, 다른 사람으로부터 칭찬받고 싶어 하는 생각 ─ 은 어느 시대의 어떤 사람이나 갖고 있는 마음이 아니었을까? 하지만 이런 생각을 자주 갖게 되면 바보스러운 언행이나 범죄적인 행위를 범하는 일까지도 생긴다.

그러나 대개 사람으로부터 칭찬받고 싶어 하는 마음이란 향상(向上)과 연계되는 것이 아닌가 하고 나는 생각한다. 물론 그러기 위해서는 거기에 상응하는 사려의 깊이와 향상심이 없어서는 안 되겠지만, 결과를 놓고 생각해 보면 키워나가도 좋은 마음이 아닐까 생각한다.

사람으로부터 인정받고 싶다, 또는 칭찬받고 싶은 마음이 없다면 우리들은 어떤 일에도 무관심해지고 어떤 일도 하고 싶은 생각이 나질 않는다. 그리고 정말 아무것도 하지 못한다. 그렇게 되면 자기가 가지고 있는 힘을 발휘할 수 없게 된다. 그리고 실력 이하로 취급을 당해도 감수할 수밖에 도리가 없다.

그러나 허영심이 강한 사람은 다르다. 실력 이상으로 보이기 위해서 있는 힘을 다해서 노력한다.

지금까지 나는 너에게 아무것도 감추지 않고 사실 그대로 말해 왔고 앞으로도 결점이라고 해서 감출 생각이 전혀 없다. 그렇기 때문에, 굳이 말한다면 나도 사람들이 약점이라고 하는 허영심을 많이 가지고 있었다.

그러나 오히려 허영심이 있어서 좋은 점도 있었다고 생각한다. 가령 내가 여러 사람들로부터 축하받을 어떤 일이 있었다고 한다면, 그것은 허영심이 나를 강하게 밀어준 덕분이 아니었을까 싶다.

'일등이 되고 싶다.'는 마음이 능력을 끌어내라

나는 출세욕을 가지고 이 세상에 태어난 것은 아니다. 하지만 어떤 일이 있어도 사람들로부터 인정받아야만 하고 칭찬받아야만 하고, 인망(人望)을 얻어야만 하겠다는 굳은 결심을 가슴속에 담고 사회에 첫걸음을 내디뎠다는 것을 부인하지 않겠다. 그래서 나는 어리석은 행위를 한 적도 있으나 그 이상으로 현명하게 행동한 적이 더 많다고 생각한다.

예를 들어, 남성들만 모여 있을 때는 '나는 누구보다도 훌륭하게 되리라.', '적어도 이곳에서 가장 훌륭하다고 생각되는 사람처럼 훌륭하게 될 것이다.'는 다짐을 하기도 했다.

그런 생각이 나의 잠재능력을 끌어낸 덕분에 첫 번째가 되기도 했고, 그러지 못했을 경우라면 두 번째나 세 번째가 되었다. 그리하여 나도 모르는 사이에 모임의 중심인물이 되어 주목을 받았다. 나의 그런 방법과 규칙이 퍼져서 많은 사람들이 그것을 따르려 하는 것을 볼 때면 참으로 즐거웠다.

나는 남녀를 불문하고 어떤 모임이든 초대받아 나가면 그 장소의 분위기를 어느 정도 좌우했다.

그런 일로 해서 훌륭한 전통을 갖고 있는 집안의 부인과 무슨 일이 있다는 이상한 소문이 나기까지 했다. 그리고 그 진위의 정도도 알 수 없는 그런 소문이 사실이었던 적이 몇 번인가 있었음을 여기에서 고백한다.

남성을 대할 때 나는 상대를 만족시켜주기 위해서 프로테우스처럼 변신했다. 명랑한 사람들 속에서는 누구보다도 쾌활하게 굴었고, 위엄이 있는 사람들 속에서는 누구보다도 품위를 지켰다.

그리고 불과 몇 명이 되지 않는 사람이 모였을지라도 반드시 고마움을 표했고, 친구들이 나에게 무엇인가 고맙게 해주었을 때는 그것을 일일이 기억해 두었다가 감사의 마음을 전하는 것을 절대로 잊지 않았다.

그렇게 함으로써 상대에게 만족감을 주었고, 나 또한 친하게 지낼 수 있는 계기를 만들 수 있게 되었다. 이렇게 해서 나는 잠깐 사이에 그 지방의 명사들을 위시해서 많은 사람들을 사귀었다.

철학자는 허영심을 '인간이 갖는 비열한 마음'이라고 말한다. 그러나 나는 그렇게 생각하지 않는다. 허영심이 있으므로 해서 현재의 나라고 하는 인격이 이루어졌으니 말이다.

그러니 너도 내가 젊은 시절에 가졌던 그런 정도의 허영심을 가져보면 어떨까 싶다. 허영심처럼 인간을 북돋워주는 일도 없을 테니 말이다.

감사할 줄 아는 사람이 되라

어제 로마에서 막 귀국한 친구로부터 네가 로마에서 환대받고 있다는 말을 듣고 무척 기뻤다. 파리에서도 마찬가지로 그렇게 환대받을 것이라 믿는다.

파리의 사람들은 외지에서 온 사람들 중에서도 특히 예의 바르고 마음이 따뜻한 사람을 좋아하고 친절하게 대한다. 하지만 단지 그것만으로 응석을 부려서는 안 된다. 그들은 자기 나라를 사랑해 주고, 자기들의 태도나 습관을 좋게 생각한다는 것을 느낄 때 더욱 좋아한다는 사실을 잊지 말기 바란다.

그렇다고 일부러 그들에게 그렇다는 것을 말로 표현할 필요는 없다. 그것이 반드시 나쁜 것은 아니지만, 너의 마음을 태도로써 충분히 보여줄 수 있기 때문이다.

만약 파리에서 환대를 받으면 그 정도의 보답을 해주는 것이 좋지 않을까 생각하는데, 너의 생각은 어떤지 모르겠다. 만일 내가 아프리카에 갈 일이 있어서 그곳 사람들로부터 선의(善意)를 받는다면, 상대가 누구든 간에 그 정도의 사의(謝意)는 표할 것이다.

얄팍한 교양보다 '쾌활함과 끈기'가 중요하다

너를 파리에서 받아줄 사람이 모든 준비를 다 해놓았다. 기숙사에도 곧 입주할 수 있게 되어 있다. 너는 이 일을 감사하게 생각해야 한다.

그리고 최소한 반 년 동안 기숙사 생활을 해야 한다는 것이 무엇을 뜻하는지를 잘 생각해 보기 바란다. 만약 호텔에 체재하게 되면 날씨가 나쁠 때 학교에 가는 것이 불편할 뿐 아니라, 시간도 허비된다. 그러나 기숙사는 그런 불편을 덜어주고, 시간도 절약된다.

그리고 걱정하지 않아도 될 것은, 파리의 상류사회에 속한 많은 젊은 이들과 낯을 익힐 수 있는 것은 호텔에 있으나 기숙사에 있으나 마찬가지이다. 머지않아 너도 파리 사교계의 일원으로서 따뜻한 환영을 받게 될 것이다.

이런 준비까지 해놓고 맞는 영국인은 내가 알고 있는 범위에서는 네가 처음이다. 그리고 그것을 위해서 사용된 비용은 대단한 액수가 아니기 때문에 나로서도 크게 부담될 것이 없다. 이 일로 해서 쓸데없는 걱정은 하지 않아도 된다.

그보다도 너는 프랑스어가 완벽하다고 할 정도로 훌륭하기 때문에 곧 프랑스 사회에 익숙해져서 지금까지 파리에서 생활해 온 사람들보다도 충실한 나날을 보내게 될 것이다. 굳이 그것을 위해 따로 애쓰지 않아도 될 것으로 믿는다.

그러나 유감스러운 것은 프랑스에 가 있는 영국 청년 중의 태반이 프랑스어를 훌륭하게 구사하지 못한다는 사실이다. 그것뿐이라면 그나마 괜찮겠지만, 사람을 접하는 방식도 제대로 알지 못하고 자기표현조차 제대로 하지 못하기 때문에 프랑스 사회에서 좋게 생각하는 것 같지 않아 걱정이다. 그런 결과 허리힘이 빠져 일어나지도 못할 지경이라니…….

그러나 그래서는 안 된다. 상대가 남성이든 여성이든 간에 지나치게 소심하거나 자신이 없다는 이유로 상대에게 비굴해져서는 안 된다. 무엇을 하든 간에 본인이 '할 수 없다.'고 생각하면 아무것도 이루지 못한다. '해놓고야 말겠다.'고 다짐하고서 '노력하면 될 수 있다.'라는 자신감을 가질 때 비로소 하고자 하는 일에 근접하게 다가갈 수 있을 것이다.

너도 이곳저곳에서 보았을 것이다. 인간적으로 볼 때 그다지 우수한 것도 아니고 교양도 없는데 쾌활하고 적극적이고 강한 끈기만으로 뻗어 오른 사람들을 말이다. 그런 사람들은 남성들이나 여성들에게 거부당할 이유가 없으며, 또한 어떤 난관이 있더라도 용기를 잃지 않는다. 두 번이고 세 번이고 쓰러져도 다시 일어나서 돌진한다. 그리하여 마침내 자신이 하고자 일을 관철하고 마는데, 훌륭하다는 표현 외에 다른 말은 필요 없을 것 같다.

너도 이런 쾌활함과 끈기를 본받아 행동으로 옮기기를 바란다. 너의 인격과 교양 정도라면 훨씬 빨리, 훨씬 확실하게 목표에 도달할 것이다. 뿐만 아니라 너에게는 낙천적인 성격과 자질이 있고, 뻗어오를 정도의 힘도 있지 않느냐.

끝까지 체념하지 않으면 바라던 결과를 얻을 수 있다

어떤 일을 할 때 물론 재능이 있어야 한다는 것이 전제가 되겠지만, 확고한 의지와 함께 그것을 사람들 앞에서 불필요하게 드러내지 않는 냉철함, 그리고 강한 불굴의 끈기만 있다면 겁낼 것이 하나도 없다. 일부러 불가능에 도전할 필요는 없지만, 가능한 일이라면 있는 수단을 다해 도전해 보라고 권하고 싶다. 한 가지 방법으로 안 되면 일에 적합한 다른 방법을 찾아서 부딪쳐보는 것이 좋다.

역사를 조금만 소급해서 생각해 보면, 강한 의지와 강한 끈기를 가지고 자신의 생각대로 일을 이끌어나간 사람이 적지 않음을 알 수 있다.

예를 든다면, 프랑스 재상 마자랭과 거듭된 교섭 끝에 피레네조약을 체결한 스페인 재상 동 루이 아로가 그런 사람이다. 그는 천성의 냉정함과 강한 끈기로써 교섭을 유리하게 이끌어나갔을 뿐만 아니라, 중요한 몇 가지 점에서는 단 일보도 양보하지 않고 합의에 이르렀다.

마자랭은 명랑함을 지닌 사람이지만 성격이 조급했다. 반면 동 루이 아로는 어느 정도 스페인적인 냉정함과 인내력을 겸비하고 있던 인물이었다.

교섭 테이블에 임한 마자랭의 최대 관심사는 파리에 있는 숙적 콩데공의 두 번째 반란을 저지시키는 것이었다. 그래서 조약 체결을 빨리 끝내고 파리로 돌아가고 싶어 했다. 파리를 비워두면 무슨 일이 일어날지 몰랐기 때문이다.

그러한 상황을 재빨리 알아챈 동 루이 아로는 교섭할 때마다 콩데공의 말을 끄집어내는 것을 잊지 않았다. 그런 덕분으로 마자랭은 한때 교섭 테이블에 임하는 것조차 거부했을 정도였다.

결국, 시종 변하지 않는 냉철함과 인내력으로 일관한 동 루이 아로는 마자랭 및 프랑스 왕조의 의향이나 이익에 반하여 조약을 유리하게 체결하는 데 성공했다.

여하간 중요한 것은 불가능과 가능을 분별하는 능력이다. 그저 어렵기만 한 일이라면 그 일을 해내고야 말겠다는 정신력과 강한 끈기로 틀림없이 이루어낼 수 있다. 물론 그전에 주의력과 집중력이 필요하다는 것은 더 말할 나위조차 없는 일이고 말이다.

7.

인간관계의 비결

상대에게 신뢰받는 대인관계의 원칙

어떤 사람들과 교제를 가져야 할 것인가에 대해서는 이미 말을 한 것으로 생각되지만, 오늘은 그런 사람들과 사귀는 데 있어서 어떤 행동을 취해야 하는지에 대해 말하고 싶다. 이것은 오랜 경험을 통해서 관찰한 결과다. 그러므로 조금은 도움이 될 것이다.

먼저 말해 주고 싶은 것은, 아무리 훌륭한 사람들과 깊게 사귀고 있다 하더라도 네가 상대를 기쁘게 해주겠다는 마음을 갖고 있지 않으면 아무 일도 안 된다는 것이다.

네가 언젠가 스위스를 여행하고 있을 때 그곳 사람들이 너무나 친절하게 대해 주어 매우 기쁘다는 글을 써 보낸 적이 있었다. 그때 나는 친절을 베풀어준 사람들에게 인사의 편지를 쓰는 동시에 너에게도 이렇게 글을 써 보낸 것을 기억하고 있다. 너에 대해서 관심을 가져준 것이 그렇게도 기뻤다면 너도 그분들에게 관심을 가지라고 말이다. 네가 관심을 가지고 친절하게 대하면 친절하게 해준 만큼 상대방도 기뻐해 줄 것이라고……. 이것이 대인 교제의 대원칙이 아닐까 한다.

사람이란 사랑하는 사람이나 존경하는 친구에 대해서는 자발적으로 상대를 염려해 주고 기쁘게 해주고 싶은 마음이 생기게 마련이다. 이런 마음씨가 없으면 실제로 사람을 기쁘게 해줄 수 없는 법이다. 대인관계의 원점(原點)은 바로 상대를 생각하는 마음이다. 그런 마음씨를 갖고 상대를 만나면 어떤 언동(言動)을 취해야 좋을지 자연히 알게 된다.

사람을 기쁘게 해주겠다는 마음씨는 누구나 가지고 있다. 하지만 대인관계를 맺어 나가면서도 실제로 상대를 기쁘게 해줄 수 있는 방법을 알고 있는 사람은 그리 많지 않다. 그래서 너는 꼭 이것만은 알아두라고 당부한다.

그렇다고 해서 특별한 규칙이 있는 것은 아니다. 내가 말하고 싶은 한 가지는, 자기가 받은 기쁨만큼 다른 사람에게도 그런 기쁨을 주라는 것이다. 어떻게 해주었을 때 너 자신이 기뻤는지를 생각해 보고, 그것이 무엇인지 알게 되었다면 그와 같은 것을 상대에게도 해주라는 것이다. 그러면 상대도 확실히 기뻐할 것이다.

그렇다면 실제로 사람을 기쁘게 해주고 멋진 교제를 하기 위해서는 어떤 일에 관심을 가져야 좋을까?

대화를 혼자서 독점하지 않는다

우선 말을 잘하는 것도 좋지만 혼자서 말을 길게 계속하는 것은 좋지 않다. 만일 오랫동안 말을 하지 않을 수 없을 때는 적어도 말을 듣고 있는 사람을 지루하지 않게 해야 하고, 가능하면 즐겁게 들을 수 있도록 마음을 써야 할 것이다.

하지만 그것도 최소한으로 줄이는 것이 좋다. 여하간 대화라는 것은 혼자서 독점하는 것이 아니므로, 굳이 다른 사람들의 몫까지 책임질 필요는 없다. 특히 각각 자기 몫을 지불할 능력이 있을 경우에는 너의 몫만을 지불하는 것이 좋을 것이다.

혼자서만 계속 말을 하는 사람을 간혹 보게 되는데, 그런 사람은 대개 그 장소에 있는 누군가 한 사람 — 그것도 대개는 가장 말수가 적은 사람을 붙들고 작은 소리로 계속 소곤대며 말을 이어 나간다. 이것은 몹시 나쁜 예의범절이라고 생각한다. 뿐만 아니라 이것은 공명정대한 태도라고 말할 수 없다. 회화나 대화라는 것은 공동으로 만들어 내는 공공(公共)의 것이기 때문이다.

그런데 만일 반대로 네가 그런 무자비한 남자에게 잡혀서, 그것을 참을 수밖에 없는 상황이라면 그때는 도리가 없을 것이다. 적어도 표면적으로는 그 사람에게 관심을 가지고 있는 척하면서 조용히 참아야 한다. 그 사람에게는 조용히 경청해 주는 것처럼 기쁜 일이 없을 테니, 그 사람의 이야기를 절대로 거절해서는 안 된다. 말을 하고 있는 도중에 등을 돌린다든지, 마지못해서 듣고 있는 듯한 표정을 하고 있는 것처럼 굴욕스러운 일은 없을 테니 말이다.

상대에 따라 화제를 선택한다

화제의 내용은 가능하면 그곳에 있는 사람들이 좋아하고, 유익할 것으로 생각되는 것을 선택하는 것이 바람직하다. 역사 이야기, 문학 이야기, 그리고 다른 나라에 대한 이야기 등은 날씨나 복장(服裝)에 관한 이야기나 다른 사람에 대한 소문보다 유익할 것이며 즐거울 것이라고 생각한다.

또한 좀 가볍고 농담 섞인 말이 필요할 때도 있다. 내용으로는 아무 도움도 되지 않는 것이지만, 직업이 다른 사람들이 공통적인 화제로 삼기에 무난하기 때문이다. 또한 교섭을 위해 사무적인 대화를 나눌 때나 험악한 분위기가 조성되었을 때도 가벼운 말로써 무거워진 분위기를 한꺼번에 불식시킬 수 있다. 그런 때에 잠깐 농담 섞인 화제를 끄집어내는 것은 결코 부끄러운 일이 아니다. 아무렇지 않는 듯이 음식에 대한 이야기나 와인 향과 제조법에 대한 이야기로 말을 돌린다면 가라앉았던 분위기가 부드러워지기 마련이다. 또한 그렇게 분위기를 바꾸는 사람은 매우 순수하다고 느껴질 것이다.

상대에 따라서 화제를 바꾸어야 한다는 것을 너에게 새삼스레 말할 필요는 없을 것이다. 가르쳐주지 않았다고 해서 언제나 같은 화제를 같은 태도로 끄집어낼 만큼, 네가 어리석지 않기 때문이다.

정치가는 정치가 취향, 철학자는 철학자 취향의 화제가 있다. 물론 여성에게는 여성 취향의 화제라는 것이 있을 것이다. 인생 경험이 풍부한 사람이라면 이미 잘 알고 있는 사실이다.

카멜레온처럼 자유자재로 빛깔을 바꾸면서 상대에게 적합한 화제를 선택하는 것은 거추장스러운 일도 아니고, 비열한 태도도 아니다. 소위 대인관계에 있어서 빠져서는 안 될 윤활유와 같은 것이다.

그러나 자기 혼자서 그 장소의 분위기 메이커가 될 필요는 없다. 그 장소의 분위기를 파악하여 진지한 태도를 보이거나 명랑하게 행동하면 된다. 필요할 경우에는 장난을 치는 것도 괜찮다. 일부러 말을 하지 않더라도 분위기가 좋아지면 저절로 대화가 무르익게 된다. 이러한 행동은 대인관계를 위한 일종의 에티켓과 같은 것이다.

그러나 만일 자기가 자신(自信)을 가질 수 없는 것이라면 일부러 화제를 선택하기보다는 상대가 바보스러운 말을 할지라도 조용히 맞장구를 치고 있는 편이 낫다.

그리고 가능한 한 피해야 할 것은 의견 대립을 초래할 수 있는 말이다. 그런 말을 멍청하게 내버려두면, 의견이 다른 사람들이 잠시나마 험악한 분위기를 만들 수도 있다. 의논이 격화될 조짐이 보이면 얼버무리지 말고 기지를 발휘하여 그 말에 종지부를 찍어야만 한다.

자기 이야기만 하지 않는다

어떤 일이 있더라도 절대로 해서 안 되는 것은, 자기 말만 앞세우는 것이다. 이것은 극도로 피해야 한다. 아무리 훌륭한 사람이라도 자기 말을 하게 되면 여러 가지 모양의 허영심이나 자존심이 자연히 머리를 들게 되어 함께 자리를 하고 있는 사람들에게 불쾌감을 줄 수 있기 때문이다.

자기 말을 하는 데는 여러 가지 방법이 있다. 간혹 보면 지금까지의 흐름과는 관계없는 말을 아무런 주저함도 없이 갑자기 끄집어내고서 자기 생각대로 말로 끝내고 마는 사람이 있는데, 이것은 이만저만한 자만이 아니다. 반면 좀 더 교묘하게 자기 말을 끄집어내는 사람도 있다. 마치 자기가 아무런 이유도 없이 비난받고 있을 뿐만 아니라 그런 것은 매우 부당하다는 듯이, 자기의 장점을 내세우면서 자기를 정당화하려는 사람 말이다. 이것 역시 자만하는 행위이다.

그러나 그들은 대개 이런 이유를 내세운다.

'이렇게 말한다는 것이 우스운 일이라는 것을 안다. 또한 그것이 사실이 아니라면 더 이상 말할 필요도 없을 것이다. 그러나 나도 기억하고 있지 못하는 일에 대해서 그렇게 호된 비난을 받고 보니 말을 하지 않을 수 없다.'라고.

분명히 정의(正義)라는 것은 누구에게나 있다. 그래서 비난을 받으면 그 혐의를 벗기 위해서 보통 때는 하지 않았을 말을 해도 좋다고 생각할지 모른다. 그러나 아무리 그렇다고 하더라도 이것은 그야말로 얄팍스러우면서도 근근한 배려일 뿐이다. 허영심 때문이라면 주저함도 없이 그 껍질을 내팽개쳐도 좋다는 것은 조심성 없는 이기주의에 불과하다. 속셈이 뻔히 보인다는 말이다.

그런가 하면 매우 음험하고 보다 자기를 비하시키는 방법으로 자기 말을 하는 사람도 있다. 이런 짓이야말로 어리석음의 표본이다. 이런 사람은 대개 자기는 약한 인간이라고 먼저 고백한다. 그다음으로는 자기 자신의 불행을 탄식하면서, 기독교의 칠덕(七德)을 내세우기까지 한다. 하지만 이런 사람들은 자기 자신이 어떤 모습으로 비추는지를 잘 모른다. 그런 식으로 불행을 탄식한다고 해서 주위 사람들이 동정을 해줄 리도 없고, 힘이 되어줄 리도 없는데 말이다. 그저 곤혹스러울 뿐이라는 사실을 그들은 모르고 있는 것이다. 본인들이 그럴싸하게 말하는 것처럼 그들에게는 힘이 부족하기 때문에 어떻게 해줄 수도 없다. 그래서 주위 사람들은 그저 곤란해 할 수밖에 없는 것이다.

그런데 거기까지 생각해 보지 못한 사람들은 자신이 바보짓을 하고 있다는 것을 알고 있으면서도 계속 푸념을 한다.

그들은 자신처럼 결점이 많으면 성공은 물론이고 사회 속에서 당연하게 살아가는 것조차 어렵다는 것을 잘 알고 있다. 그러나 능력이 없기 때문에 변화를 꾀하지 못한 채 마지막까지 힘껏 발버둥질 치면서 최후의 저항을 하는 것이다.

그런 일이 있을 수 있을까 하고 생각할지 모르나 이것은 사실이다. 너도 여기저기서 이런 사람을 보게 될 것이므로 눈여겨 잘 보아두는 것이 좋을 것이다.

자기 자랑으로 호평 받는 사람은 없다

그러나 이런 식으로 허영심이나 자존심을 표면에 나타내지 않는 것은 그래도 나은 편이다. 심한 경우에는 정말 시시한 것까지 끌어내어 상대방에게 노골적으로 자랑을 시작하는 사람도 있다.

너도 칭찬받고 싶은 마음에서 자랑을 일삼는 사람을 본 일이 있을 것이다. 그러나 그들의 말이 설사 사실이라고 하더라도(그런 일은 별로 없지만) 그것으로 실제 칭찬받는 일은 없다.

예를 들어, 자기와 별로 관계가 없는 일 ― 자기는 저 유명한 인물의 후예라든가, 친척이라든가, 친지라고 하는 말 등 ― 을 자랑삼아서 말하는 사람이 있을 것이다. '제 조부는 아무개이고, 백부는 누구이며, 친구는 누구누구입니다.'라는 식으로 계속 지껄여댄다. 필시 제대로 만나본 적도 없는 사람들일 것이다. 그러나 그것은 그런대로 좋다.

하지만 말한 내용이 사실이라고 한들, 그것이 어쨌단 말인가? 사실이 그렇다고 해도 그 사람이 더불어서 훌륭해지는 것은 아닌데 말이다.

또는 혼자서 와인 대여섯 병을 비웠다고 자랑삼아 말하는 사람도 있다. 그 사람을 위해서 일부러 말하지만 그것은 대부분 거짓이다. 그렇지 않으면 그 사람은 괴물이다.

이처럼 예를 들면 한이 없을 만큼, 우리 인간은 허영심 때문에 바보 같은 말을 하거나 과장하는 경우가 적지 않다. 하지만 그로 인해 본래의 목적도 달성하지 못하고, 오히려 평가까지 낮게 받는 경우가 대부분이다.

본질과 전혀 관계없는 것을 들고 나와서 자랑한다는 것은, 자신이 그만큼 부족하다는 것을 스스로 폭로해 버리는 것과 다름없다는 것을 잊지 말기 바란다.

말하지 않아도 장점은 드러난다

그런 어리석은 행위로부터 자신을 지켜나갈 수 있는 유일한 방법은 자기에 대한 말을 하지 않는 것이다. 경력이라든지 자기에 대한 말을 피치 못하게 하지 않을 수 없을 때에도, 직접적이든 간접적이든 간에 자랑을 하고 싶어서 말을 하고 있는 것처럼 오해를 줄 그런 말은 일체 삼가도록 조심해야 한다.

인격은 선악(善惡)에 관계없이 조만간에 알 수 있게 되는 것이므로 스스로 말할 필요가 없다. 더구나 본인의 입으로 그런 것을 말한다면 누구도 그것을 믿지 않을 것이다.

자기 입으로 말하면, 결점을 숨길 수 있다든가 장점이 더 빛날 것이라는 생각도 잘못된 것이다. 그런 행동을 하면 결점이 더욱 눈에 띄고, 정점도 흐려지고 만다.

하지만 아무 말도 하지 않고 가만히 있으면 오히려 장점이 많다고 여기거나 우아한 인품을 가졌다고 생각할 수도 있을 것이다. 아울러 불필요한 질투나 비방이나 조소를 받아도 정당한 평가를 방해받는 일 따위는 생기지 않을 것이다.

그러므로 아무리 그럴듯하게 위장하고 있더라도 스스로가 그것을 말해 버리면 주위 사람들로부터 반감을 사게 되고, 생각지도 못했던 결과를 낳아 낙담할 수도 있다는 사실을 명심하기 바란다.

그렇게 되지 않기 위해서는 자기 자신에 대한 말을 스스로 하지 않는 것이 가장 중요하다.

자신에게 중심을 둘 때도 있어야 한다

무슨 생각을 하는지 도무지 알 수 없거나 성격이 어두운 사람은 남에게 호감을 주지 못한다. 게다가 그런 사람들은 자기의 속마음을 말하지 않기 때문에 엉뚱한 의심이나 혐의를 받기도 한다.

반면에 내면(內面)은 겉으로 잘 드러내지 않으면서, 외면적으로는 누구에게든 허물없이 터놓고 임의롭게 대하는 사람이 있다. 세상에서는 이런 사람을 능력 있는 사람이라고 말한다. 이런 사람들은 자기의 방비는 단단히 해놓고, 다른 사람들에게는 터놓고 있는 것처럼 보이게 하여 상대의 방비를 풀어놓게 만든다.

허물없이 터놓고 말하면서 자신의 내면을 단단하게 방비하는 이유는 무엇일까? 자신의 내면을 신중하게 생각하지 않고 아무 말이나 다 해버리면 그것이 어딘가에 인용되어 사용되기 때문이다. 그리하면 자신의 중요성이 덜해질 테니 말이다.

상대방의 말은 귀가 아닌 눈으로 들어라

말을 할 때는 항상 상대방의 눈을 보아야 한다. 그렇게 하지 않으면 무엇인가 양심의 가책을 느끼는 것이 있지 않나 하는 의심을 받을 수도 있다

또한 상대는 열심히 말을 하고 있는데 천정을 바라보고 있다든지, 창밖을 바라보든가 담뱃갑을 가지고 장난을 치는 행동 등은 삼가야 한다. 다소나마 자존심을 가지고 있는 사람은 그런 행동을 한 사람에게 화를 내면서 증오에 찬 눈으로 노려볼 테니 말이다.

그런 행동을 한 사람은 상대보다 자신을 높이 보기 때문에 그렇게 얕보는 행위를 한다는 말을 들어도 할 말이 없을 것이다. 거듭해서 하는 말이지만, 그런 취급을 당하고서 자존심 상해하지 않을 사람이 어디 있겠느냐.

상대의 눈을 보지 않는 것은 자신의 인상을 나쁘게 할 뿐 아니라, 자기의 말을 상대가 어떻게 받아들이고 있는가를 관찰할 기회를 스스로 포기하는 것과 다름없다.

나는 예전부터 상대의 마음속을 알기 위해서는 귀보다는 눈에 의지하는 것이 좋다고 생각해 왔다. 생각하지 않고 있는 것을 입으로 말하는 것은 간단하지만, 눈빛으로 나타내는 일은 매우 어려운 기술이기 때문이다.

절대 남을 중상모략하지 마라

다음으로 주의해야 할 것은 먼저 앞장서서 다른 사람의 추문(醜聞)에 귀를 기울인다든지, 소문을 확산하지 말아야 한다는 것이다. 그

자리에서는 즐거울지 모르지만, 냉정하게 생각해 보면 그런 짓은 아무런 득(得)이 되지 않는다는 사실을 오래지 않아 깨닫게 될 것이다.

누군가를 중상모략하면, 결국에는 중상을 한 측만 비난당하는 것이 세상 이치다.

웃음에도 품위가 있다

큰 소리로 웃는 것도 별로 좋은 모습은 아니라고 생각한다. 큰 소리로 웃으면 허탈감만 줄 뿐 아무런 기쁨도 주지 못하기 때문이다. 결국 이것은 어리석은 사람이 하는 짓이라고밖에 여겨지지 않는다.

진짜로 기지가 발달되어 있는 사람이나 분별 있는 사람은 절대로 상대에게 어처구니없는 웃음을 웃게 하지 않을 뿐만 아니라 자신도 어처구니없는 웃음을 웃지 않는다. 웃는다 하더라도 소리를 내지 않고 매우 작게 웃을 뿐이다.

그러므로 너도 큰 소리로 웃는 그런 천박한 행동을 해서는 안 된다. 별일도 아닌데 껄껄대며 웃는 것은 자신이 바보임을 스스로 증명해 보이는 것과 다름없는 일이다.

예를 들어, 누군가가 의자에 걸터앉으려고 하는데 걸터앉을 의자가 없다. 그래서 앉으려고 했던 사람이 땅바닥에 주저앉으며 엉덩방아를 찧는다. 여기서 왈칵 웃음이 터져 나온다. ─ 이거야말로 저속한 웃음이 아닌가. 그런데 그들은 그것이 즐겁다는 것이다. 정말 저급하고 생각 좁은 즐거움이 아닐 수 없다.

천한 장난이나 우발적인 시시한 사건을 보면 재미있다고 대소를 하는 사람들이, 좀 더 마음이 풍족해지고 표정이 밝아질 수 있는 일을 보고서는 왜 즐거움을 느끼지 못하는지 한심스러운 생각이 든다. 더구나 그렇게 큰 소리로 웃는다는 것은 귀에도 듣기 싫고 보기에도 과히 좋지 않은데 말이다.

바보스러운 웃음은 참으려고만 하면 조그만 노력만으로도 간단하게 참을 수 있다. 하지만 그렇게 하지 못하는 것은, 사람들이 웃음이란 명랑하고 즐겁고 좋은 것이라고 고정된 이미지로 인식하기 때문이다. 그래서 자신이 얼마나 시시한지를 깨닫지 못하고 있는 것이다.

하찮은 버릇으로 위신을 떨어뜨리지 마라

사람을 대할 때는 웃는 얼굴을 하는 것이 좋다고 말하면, 아무 때나 무턱대고 웃는 사람들이 더러 있다. 내가 알고 있는 오라 씨도 그런 사람 중 하나인데, 그는 매우 훌륭한 인격을 가지고 있으나 곤란한 것은 웃지 않으면 대화를 이어 나가지 못한다는 것이다. 그의 그런 모습을 보고, 이 사람에 대해서 잘 모르는 사람들은 처음에는 머리가 돈 사람이 아닌가 하는 생각도 하는 모양이다. 하지만 그가 그 버릇을 고치지 않으면 어쩔 도리가 없지 않겠느냐.

버릇이라는 것은 그런 것에만 한정되어 있지 않다. 그리 좋은 느낌이라고 말할 수 없는 버릇도 많이 있다. 사회에 처음 나왔을 때는 뭐가 뭔지 잘 모르기 때문에 여러 가지 표정을 지어보기도 하고 여러 가지 동작을 시험해 보기도 하는데, 무료함을 때우기 위해 하던 그런 동작들이 그대로 몸에 배어버렸기 때문이 아닐까 싶다.

그런 것이 자신도 모르는 사이에 습관이 되면, 이유 없이 코에 손을 자주 갖다 대거나 머리를 긁적이고 모자를 이리저리 만지작거리곤

한다. 처음 보았을 때 어딘지 모르게 딱딱하게 보이든가 침착성이 없는 사람은 그런 버릇이 어딘가에 남아 있는 경우가 대부분이다.

그런 사람이 많이 있지만 그렇다고 해서 그것으로 좋다는 것은 아니다. 나쁜 짓이라고는 말할 수 없겠으나, 여하간 눈으로 보아 느낌이 좋지 않은 것은 될 수 있는 대로 하지 않는 편이 좋다.

모임에서 성공하는 대인관계의 비결

기지나 유머나 농담은 하나의 집단 속에서만 통용되는 경우가 많다. 같은 것을 추구하는 집단 안에서만 특유의 표현이 생기고, 독특한 유머나 농담까지 생기기 때문이다.

따라서 다른 토지에 이식하면 부작용이 일어나서 무미건조하게 느껴질 뿐 아니라 아무런 재미를 주지 못할 수도 있다.

상대방이나 청중이 받아주지 않는 농담처럼 비참한 것은 없다. 좌석의 흥이 깨지는 것은 물론이고, 심할 경우에는 무엇이 재미있는지를 설명해야 하는 상황까지 발생하니까 말이다. 그런 때의 참담한 기분을 일부러 여기에 적을 필요는 없을 것이다. 하지만 농담이 아니다.

특히 어느 모임에서 들었던 것을 다른 모임에 가서 경솔하게 말하지 않았으면 한다. 대단한 것이 아니라고 생각할지 모르지만, 그 말이 돌고 돌아서 상상 이외의 중대한 사태를 초래할지도 모르기 때문이다.

뿐만 아니라 그런 짓을 하는 것은 예의에도 어긋난다. 규약 따위는 없겠지만, 어디에서 들은 대화 내용을 다른 곳에 가서 입 밖에 내지 않는다는 것은 무언의 약속이니까 말이다. 만약 그것을 어긴다면 여기 저기서 비난받고, 어디를 가더라고 환영받지 못한다는 사실을 기억하기 바란다.

자기 의견을 갖지 못한 사람은 큰 인물이 되지 못한다

어느 집단이든 소위 '좋은 사람'이 있기 마련이다. 사람이 좋다는 것만으로 친구 대접을 받는 사람 말이다.

그런데 그런 사람을 잘 관찰해 보면, 실은 아무런 쓸모도 없고 매력도 없으며 자기 의견이나 의지도 없는 사람일 경우가 적지 않다. 그런 사람은 대개 주변 친구들이 무슨 일을 하건 무슨 말을 하던 간에 간단하게 동의하고, 양보나 칭찬을 아끼지 않는다. 친구의 태반이 동의했다는 사실만 중시하면서 아무리 잘못되고 바보스러운 일이라도 쉽게 영합해 버리고 마는 것이다.

그러면 그들은 왜 그런 바보스러운 짓을 하는가? 그것은 별다른 판단력이나 아이디어가 없기 때문이다.

너는 좀 더 착실한 이유로 그룹의 일원으로 영입될 수 있도록 노력해 주길 바란다. 그렇게 되려면 자기의 의지와 나름대로의 생각을 갖되 그것을 쉽게 변화시키지 않는 것이 중요하다. 또한 그것을 표현할 때는 예의 바른 언어와 품위 있는 태도로 임해야 한다. 아직 네 나이는 상급자처럼 말을 한다든가 비난 비슷한 말을 하기에는 너무 이른 감이 있으니까 말이다.

소위 '좋은 사람'의 말이 아첨이 아니라면, 상대방 사람들에게 호감을 준다는 것 자체가 책망 받을 일은 아니라고 생각한다. 오히려 사람을 사귀는 데 있어서 필요한 태도인지도 모른다.

예를 들면, 조그만 결점에 대해서는 모르는 척하고 불쾌한 언동도 관대하게 봐주며, 일정한 범위 내에서 찬사를 아끼지 않는 태도는 때에 따라서 친절이 될 수도 있으니까 말이다. 다만 그렇게 추켜세워 주면 서로에게 기쁜 일이 될 수 있지만, 그렇지 않을 경우에는 더 이상 향상될 수 없다는 사실을 잊지 말기 바란다.

친절하게 말하는 것도 훌륭한 능력이다

어떤 그룹이든 그 그룹의 말씨나 복장, 취미나 교양을 좌우하는 인물이 있기 마련이다. 여성이라면 미모, 기지, 복장 그 외의 모든 것이 걸출한 인물일 것이다. 이런 점은 남성에게도 해당되겠지만, 그날의 분위기를 누가 주도하는가보다 더 중요한 것은 그 그룹 전체를 이끌어 나갈 수 있는 인물인가 아닌가 하는 점이다. 많은 사람의 눈이 그런 사람에게 집중되는 것은 자연적인 현상이라고 생각한다.

이것을 거역하면 어떻게 될 것인가? 즉각 추방될 것이다. 어떤 기지도 작법도 취미도 복장도 거절당할 것이다.

그러므로 그런 사람에 대해서는 티 없는 태도로 따를 수밖에 없다. 다소의 아첨도 좋다. 그렇게 하면 강력한 추천장을 얻은 것이나 다를 바 없으므로, 그룹은 물론이고 인근의 영토까지 자유롭게 출입할 수 있는 패스포드를 손에 넣을 수 있을 것이다.

자연스럽게 배려할 줄 아는 사람이 되라

사람을 성내게 하지 않고 기쁘게 해주려면, 욕을 먹지 않고 칭찬을 받으려면, 미움이 아닌 사랑을 받기 원한다면 항상 상대를 배려하는 마음을 잊지 말아야 한다. 아주 작은 배려라도 좋다.

예를 들면, 누구나 나름대로의 버릇이나 취미, 그리고 즐기는 것과 싫어하는 것이 있을 것이다. 그것을 제대로 관찰해야 한다. 그리고 좋아하는 것은 눈앞으로 내밀고, 싫어하는 것은 뒤로 돌려버려야 한다.

비슷한 사례를 든다면, '당신이 좋아하는 와인을 준비해 두었습니다.'라고 말하는 것으로 족하다. 혹은 '그분을 그리 좋아하지 않는 것 같아서 오늘은 오라고 하지 않았습니다.'라고 말하는 것도 좋다. 이런 평범한 배려가 상대의 마음을 움직이고, 자기를 이렇게 염려해 주고 있나 하면서 감격할 테니 말이다.

반대로 상대방이 무엇을 싫어하는지 알면서, 그것을 뜻 없이 폭로한다면 결과는 명백하다. 상대는 자신이 무시당했다고 생각하든가, 또는 하찮게 대한다고 생각하고 끝까지 앙심을 품게 될 것이다. 대신에 아주 사소한 일이라도 특별하게 배려해 주면 매우 큰 도움을 받은 것 이상으로 감격하지 않을까 싶다.

작은 배려가 상대방을 얼마나 기쁘게 해주는지를 그동안 너도 느꼈을 것이다. 또한 인간은 누구나 그런 허영심을 갖고 있고, 그런 일에 무척 만족하는 존재라는 것도 알게 되었으리라 믿는다.

그뿐만 아니다. 이처럼 배려를 받게 되면, 그 이후부터는 그 사람이 하는 일이나 이루려고 애쓰는 일에 관심이 생겨 호의적으로 대하고 싶을 것이다. 인간이란 존재가 본래 그렇기 때문이다.

칭찬받고 싶어 하는 것을 칭찬해 줘라

특정한 사람의 마음에 들고 싶고, 특정한 사람과 친구가 되고 싶은 생각이 있다면 그 사람의 장점과 단점을 찾아내어 그 사람이 칭찬받고 싶어 하는 것을 칭찬해 주는 것이 좋다.

사람에게는 실제로 뛰어난 부분과 뛰어나지 못한 부분이 있기 마련이다. 뛰어나 있는 부분에 대해서 칭찬받는 일은 매우 기쁘다. 더 기쁜 것은 뛰어나지 못한 부분을 칭찬받는 일이다. 이것처럼 자존심을 세워주는 일도 없을 것이다.

당시의 정치가로서 뛰어난 재능을 가지고 있던 추기경 리셜리외를 생각해 보는 것도 한 방법일 것이다. 그는 정치가로서의 명성만으로는 성이 차지 않아, 시인으로서도 따를 사람이 없을 정도로 뛰어나고 싶어 하는 허영심을 갖고 있었다. 때문에 위대한 극작가 코르네이유의 명성을 질투하여, 다른 사람에게 명하여 비평하는 글을 쓰게도 했다.

이들을 본 아첨쟁이들은 리셜리외의 정치 수완에 대해서는 널리 선전하지 않고, 시인으로서의 재능만을 열심히 칭찬하고 떠들었다. 그들은 그렇게 하는 것이 리셜리외의 관심을 받는 데 최고의 약이라는 것을 알고 있었는데, 리셜리외가 정치 수완에는 자신 있어 했지만 시인으로서의 재능에는 자신 없어 했기 때문이었다.

어떤 사람이든 칭찬받고 싶은 무엇이 있다. 그것을 알아내기 위해서는 그 사람이 즐겨 화제를 삼고 있는 것에 관심을 갖고 관찰하는 것이 가장 좋다. 대개의 사람들은 자기가 칭찬받고 싶어 하는 이야기를 일부러 꺼내거나, 뛰어난 점을 인정받고 싶은 방향으로 이야기를 끌어가기 마련이니까 말이다. 그것이 바로 급소다. 그곳만 찌르면 상대는 떨어지고 만다.

때로는 눈감아줄 필요도 있다

오해하지 않기를 바란다. 나는 비열한 아첨으로 사람을 다루라고 하는 것이 아니다. 그 사람의 결점이나 나쁜 점은 칭찬해 주면 안 되는 것은 물론이고, 도리어 경멸하거나 충고해 주어야 한다고 생각한다.

그러나 한번 생각해 봐라. 인간의 결점이나 경박하고 하찮은 허영심에 눈을 감지 않는다면, 이 세상을 어떻게 살아갈 수 있는가를……

누군가가 실제보다 현명하게 보이고 싶거나 아름답게 보이고 싶다는 생각을 가졌더라도, 아무에게도 해를 미치지 않는다. 도리어 티 없이 귀여운 일로 받아들일 수도 있다. 또한 이런 사람들에게 그런 생각은 잘못된 것이라고 말을 해줘도 허사가 되기 십상이다. 때문에 그런 말을 해서 기분 나쁜 생각을 갖게 할 것이 아니라, 마음에 드는 말을 다소 상냥하게 해서 그들에게 기분 좋은 생각을 갖게 한 다음 친구가 되는 것이 낫다는 것이다.

상대에게 장점이 있다면, 너는 기쁘게 찬사의 말을 할 것이다. 하지만 그리 찬성할 수 없는 일이라도 그 사회에서 인정하고 있는 일이라면 눈을 감고 찬성하는 것이 좋을 때도 있는 법이다.

너는 사람을 칭찬해 주는 것을 그리 좋아하지 않는 것 같다. 그것은 인간이 얼마나 자기의 생각과 취미를 지지받고 싶어 하는지를 모르기 때문일 것이다. 대개의 사람들은 분명히 틀린 생각이나 자기의 조그만 결점까지도 관대하게 인정해 주길 바라는데, 너는 아직 그걸 잘 모르고 있다는 생각이 든다.

인간은 자기의 생각뿐만 아니라 버릇이나 복장(服裝)과 같은 시시한 것까지도 트집을 잡거나 지적을 당하면 상처를 입게 되고, 인정해 주면 크게 기뻐하는 존재다.

한 가지 재미있는 일을 소개해 보려 한다. 악명 높았던 찰스 2세의 통치시대 때 있었던 이야기다. 당시 대법관으로 근무하고 있던 샤프츠버리 백작은 장관으로뿐만 아니라 개인적으로도 왕의 마음에 들어야겠다는 생각을 갖고 있었다.

찰스 왕이 여자를 매우 좋아한다는 것을 알고 있던 샤프츠버리는 여기서 한 가지 계책을 생각해 내고, 자기 역시 여자들이 둘러싸게끔 만들었다(그러나 실제에 있어서는 그 여자들 속으로 발을 들여놓은 적은 없었지만).

그런 소문을 들은 왕은, 샤프츠버리에게 그것이 사실이냐고 물었다. 그러자 샤프츠버리는 "사실입니다. 그 밖에도 몇 명의 여인들이 있습니다. 그것은 변화 있는 생활이 즐겁기 때문입니다."라고 대답했다.

며칠이 지나서 일반 접견식이 있을 때, 왕은 먼발치에 있는 샤프츠버리를 발견하고 주위 사람들에게 이렇게 말을 했다.

"누구나 다 믿을 수 없다고 생각하겠지만, 저기 보이는 저 심약한 사나이가 이 나라 제일의 색마란다."

왕이 그렇게 말을 한 후 샤프츠버리가 가까이 다가오자 모두가 큰 소리로 웃었다.

"지금 너에 대한 말을 하고 있던 참이다."라고 왕이 말했다.

"네? 저에 대한 말씀을요?"

"그래, 네가 이 나라에서 제일가는 색마라고 말하고 있던 참이었다. 어떠냐? 내가 틀린 말을 했느냐?"

그러자 샤프츠버리가 말했다.

"아아, 그것 말씀입니까? 그런 일이라면 제가 감히 첫째가 될 수 없다고 생각합니다."

그 말에 왕이 얼마나 기뻐했을지는 쉽게 상상할 수 있을 것이다.

사람에게는 각각 나름대로 특유한 생각, 행동 방식, 성격 그리고 외관(外觀)이라는 것을 가지고 있다. 거기에 대해서는 적어도 이쪽에서 이러쿵저러쿵 말을 하지 않는 것이 일종의 약속처럼 되어 있다. 그러므로 좀 자기와 다르더라도, 그것이 심하게 나쁜 것이 아니고 자기 위신을 손상시키지 않는다면 순응하는 것이 낫지 않을까 생각한다.

보이지 않는 곳에서 칭찬받는 것처럼 기쁜 일도 없다

상대를 가장 기쁘게 칭찬해 주는 방법은, 다소 전략적이긴 하지만 뒷전에서 칭찬해 주는 일이다. 그렇다고는 하지만, 뒷전에서 칭찬해 주는 것만으로는 의미가 없다. 칭찬해 준 것이 확실하게 칭찬해 준 상대에게 전해지지 않으면 안 된다.

그러므로 중요한 것은 칭찬한 것을 전해줄 수 있는 사람을 잘 선택하는 일이다. 더욱이 말을 전해줌으로써 그 사람도 득이 될 수 있는 그런 사람을 일부러 찾는 것이 좋다. 그렇게 할 경우, 확실하게 전해주는 것만으로 끝내지 않고 한술 더 떠서 과장하여 전해줄지도 모른다. 사람에 대한 찬사 중에서 이처럼 기쁘고 효과적인 것은 없다고 해도 과언이 아닐 것이다.

이상 여기까지 써온 것들은 지금부터 사회생활의 첫걸음을 내디디려고 하는 네가 뜻이 맞는 좋은 사람들과 교제를 갖는 데 있어서 필수적인 것으로 생각하는 것이 좋겠다.

나도 네 나이 때에 이런 것을 알고 있었다면 더욱 좋았을 것으로 생각한다. 나의 경우, 이 정도의 것을 제대로 아는 데 35년이란 세월이 소요되었다. 하지만 네가 그 열매를 따주기만 한다면 아무런 후회가 없을 것 같다.

친구가 많고, 적이 없는 사람이 진정한 강자다

이 세상에 적이 없는 인간은 없으며, 모든 사람들로부터 사랑받는 그런 사람 또한 없다. 그렇다고 해서 사랑받게끔 노력할 필요가 없다는 말은 아니다.

나의 오랜 경험을 빌려 말한다면, 친구가 많고 적이 적은 사람이 이 세상에서 가장 강한 사람이다. 그런 사람은 앙심을 사든가 질투하는 일을 함부로 않기 때문에 누구보다도 빨리 출세하며, 만일 생활이 영화롭고 즐거워도 사람들의 관심을 받으면서 품위를 인정받을 것이다.

이렇게 생각해 보면, 친구가 많고 적이 적게끔 행동하는 것이 매우 중요하다. 이를 항상 명심하고 노력하면서, 그것을 하나의 목표로 삼아도 좋을 것이라 생각한다.

사람은 머리가 아니라 배려로 자신을 지킨다
너는 고(故) 아몬드 공작에 관한 말을 들은 적이 있는지 모르겠다.

그는 머리는 뛰어나지 못한 편이었으나 예법에 있어서는 누구도 그를 따를 자가 없었으며, 이 나라에서 가장 높은 인망(人望)을 가진 사람으로 손꼽혔다. 원래가 솔직하고 상냥한 성격인데다가 궁정(宮廷)생활과 군대생활에서 익힌 말씨나 태도가 부드럽기 그지없었고, 섬세한 배려심까지 갖춘 사람이었다. 사람에게 호감을 주는 그 매력은 그 사람의 무능력함(거의 모든 분야에 걸쳐서 무능력에 가까웠다)을 메워주고도 남음이 있을 정도였다. 누구로부터도 훌륭하다는 평가를 받지 않았지만, 사랑은 받았다.

그 인망의 정도가 현저하게 나타난 것은 앤 여왕 사후에 불온한 움직임을 일으켰던 사람들이 탄핵재판을 받았을 때, 같은 행동을 취했다고 하여 아몬드 공작도 형식상 같은 처우를 받는 일이 생겼을 때다. 탄핵을 당하기는 했지만, 당시 정당간의 치열한 다툼은 찾아보기 힘들었다.

아몬드 공작 탄핵 결의안은 다른 누구보다도 훨씬 적은 찬성표로 상원을 통과했다. 그리고 탄핵의 장본인이기도 했던 당시의 국무장관 스탄호프(후에 백작) 씨가 재빨리 앤 여왕의 뒤를 계승한 조지 1세와 함께 조정에 나서서, 다음 날 아몬드 공작을 왕에게 접견시킨다고 하는 절차까지 취해 놓았다.

아몬드 공작이 체포되면 이 소송은 이길 수 없다고 생각한 스튜어트 왕조 부활파인 로체스타의 주교는 머리가 빈약하고 불쌍한 아몬드 공작에게 서둘러 달려갔다. 그리고는 조지 1세와 접견한 자리에 나가면 불명예스러운 복종을 강요당할 뿐이지 은사(恩赦)는 되지 못할 것이라며, 아몬드 공작을 도망치게 했다.

그 후 아몬드 공작의 사권(私權) 박탈이 가결되자, 거기에 항의하는 민중들이 소동을 일으켜 마침내는 치안까지 혼란해지는 사태가 일어 났다.

이런 현상이 발생한 것은 아몬드 공작을 적대시하는 사람이 없었고, 그를 지지하는 사람이 수천 명이나 되었기 때문이다.

그 이유는, 다시 말하면 공작이 사람을 기쁘게 해주겠다는 자연스러운 마음을 가지고 그것을 실천했기 때문이다.

사랑받고자 하는 노력을 게을리 하지 마라

인망(人望)처럼 합리적이고 착실한 기반을 요구하는 것도 없다. 한 명의 인간을 들어 올려주는 것은 사람들의 호의이고 애정이며 선의(善意)이다.

그런 것들을 손에 넣으려면 어떻게 하면 좋을까? 그러기 위해서는 먼저 노력하는 일이 중요하다. 지금까지 아무런 노력 없이 그런 것을 손에 넣은 사람은 없다.

내가 사람의 호의와 애정이라고 말하는 것은 연인(戀人) 사이의 감상적인 감정이나 친구 사이의 우애(友愛)처럼 가까운 관계에만 한정되어 있는 것과는 별개다.

우리들은 여러 사람들과 관계를 가질 때 그 사람에게 얼마나 적합한 만족감을 줄 수 있느냐에 따라 좀 더 광범한 호의, 애정 그리고 선의를 손에 넣을 수 있다.

이런 좋은 감정은 그 사람의 이해와 대립되지 않는 한 언제까지나 계속될 수 있다(그 이상의 호의를 바라고 얻을 수 있는 상대라고 하는 것은 가족을 포함해서 겨우 3명 정도 될까 말까 하지 않을까?).

나보고 지금까지 40년 이상의 경험을 가지고 20세부터 인생을 다시 살라고 한다면, 나는 인생의 대부분을 많은 사람들로부터 사랑받을 수 있도록 노력하는 일에 쓰고 싶다.

그렇다고는 하지만, 자기에게 얼굴을 자주 보이는 사람 중에서 마음에 든 남성이나 여성의 마음을 사로잡는 데만 전념하고, 다른 사람들은 알 바 아니라는 태도를 취하는 것은 바람직하지 않다.

만일 자기가 노리고 있던 인물의 평가가 잘못되어 있을 경우(실은 이것이 능력 있는 인간에게 자주 생기는 일이다) 다른 사람을 화나게 하는 결과를 가져오므로, 어느 쪽을 향해야 좋을지 몰라서 갈피조차 잡지 못할 수도 있다. 그러므로 많은 사람들로부터 호감을 사되, 그 속에서 편안하게 있는 것이 좋다. 그것이 가장 큰 밑거름이 된다.

남성이든 여성이든 인간이라고 하는 것은 인망(人望)에 약한 법이다. 인망이 있는 삶을 후견인으로 삼고 있는 사람은 성공의 가능성이 높다. 여성 역시 인망 있는 남성에게 이상하게 마음이 끌린다는 말을 자주 들었다.

인망을 모으는 것은 그리 어려운 일은 아니다. 우아한 몸놀림, 진지한 눈길, 배려, 상대가 좋아하는 말, 분위기, 복장 등 거의 작다고 할 수밖에 없는 행위 몇 가지가 모이면 상대의 마음을 사로잡을 수 있다.

내가 지금까지 만난 사람들 중에는 보기에는 아름다우나 조금도 내 마음을 사로잡지 못한 여성, 사려와 분별은 있으나 아무래도 호감이 가지 않는 인물이 많이 있었다. 왜 그런지 이미 너도 알아차렸으리라 생각한다.

그래, 그런 사람들은 자기의 아름다움과 능력에 자신이 있기 때문인지 사람의 마음을 사로잡는 방법을 익히는 일에 게으른 경우가 많았다. 이것은 그야말로 큰 잘못이다.

나는, 그다지 아름답다고 할 수 없는 여성을 애인으로 삼았던 일이 있다. 그러나 그 여성은 기품이 넘쳐흘러 사람을 기쁘게 해주었고, 사람의 마음을 사로잡을 줄 아는 방법을 터득하고 있었다. 나는 내 생애에서 그 여성과 연애하고 있었을 때처럼 사람에게 열중해 본 일이 없고 행복했던 적이 없었던 것 같다.

8.

'인품'을 길러라

장식 하나 없는 건물 같은 사람은 되지 마라

너라고 하는 조그만 건조물(建造物)도 이제는 그 골조(骨組)가 거의 완성되어 가는 단계에 있다. 이후는 아름답게 마무리하는 것이 너의 역할이며 또한 그것은 나의 관심사이기도 하다.

너는 온갖 우아함과 소양을 모두 몸에 지니도록 해라. 우아함이나 아름다움은 골조가 단단하게 잘 되어 있지 않으면 하찮은 장식에 불과하지만, 골조가 단단하게 잘 되어 있다면 건조물을 돋보이게 한다. 아무리 단단한 골조라 하더라도 장식이 없으면 그 매력이 반감될 수 있다.

너는 토스카나식 건축이라는 것을 알고 있을 것이다. 모든 건축양식 중에서 가장 튼튼한 것이다. 그러나 그와 동시에 가장 세련되지 못한 촌스러운 형식이기도 하다. 큰 건조물의 기초나 토대는 다시없이 튼튼하지만, 만일 그런 식으로 건물 전부를 세워놓았다고 한다면 어떤 문제가 생길까?

누구도 그 건물에 눈길을 멈출 사람이 없을 것이다. 그 앞에서 걸음을 멈출 사람도, 더구나 그 안에 들어가 보려고 하는 사람도 없을 것이다. 정면이 촌스럽고 살풍경한데 일부러 안에까지 들어가서 됨됨이나 장식을 볼 필요가 없다고 생각한다 해도 무리는 아니다.

그러나 토스카나식 토대 위에 도리아식, 이오니아식, 코린트식의 기둥이 세워져서 아름다움을 경쟁한다면 어떨까?

건축물 같은 것에 전혀 흥미가 없는 사람이라도 마침내는 눈길을 멈추게 되고, 아무런 관심도 보이지 않고 지나치려고 하던 사람도 마침내는 걸음을 멈출 것이다. 그리고 안까지 보여 달라고 요청하여 실제로 안에 들어가 볼 것이 틀림없다.

자신을 보다 돋보이게 하는 재능을 길러라

여기에 한 남자가 있다. 지식과 교양은 보통이지만, 보기에도 느낌이 좋고 말솜씨도 호감을 갖게 한다. 말하는 것이나 행동하는 것이 모두 품위가 있고 정중하며, 사람을 대하는 친밀감도 매우 좋은 편이다. 그러니까 소위 자기 자신을 남들에게 잘 보이려고 하는 솜씨가 뛰어난 인물이다.

여기에 또 한 남자가 있다. 지식도 풍부하고 판단력도 뛰어난 남자다. 하지만 앞의 남자가 갖고 있는, 보다 자기 자신을 잘 보이려고 하는 솜씨만은 결여되어 있다.

과연 어느 쪽의 남자가 험한 세파를 멋지게 헤쳐 나갈 수 있을 것인가?

그것은 분명히 전자일 것이다. 장식품을 많이 달고 있는 사람이 자신을 장식하지 않는 사람을 마음대로 가지고 놀게 된다는 말이다.

그리 현명하다고 말할 수 없는 사람들(전 인류의 4분의 3 정도는 그렇지 않을까)의 마음을 사로잡는 것은 언제나 외관이다. 그들은 예법이나 말씨와 태도, 그리고 사람 응대에 얼마나 능한가를 중요하게 여길 뿐 더 이상 내면을 보려 하지 않는다.

그러한 점은 현인도 엇비슷하다. 현인이라고 해서 눈이나 귀에 상쾌하지 못한 것, 마음을 들뜨게 하는 것으로 인해 골치 아프지 않은 것은 아니다.

그러나 말씨나 태도, 예법 같은 외형적인 것보다도 실력과 능력이 더 중요하다는 사실을 잊지 말기 바란다.

철두철미하게 '품위'를 지켜라

사람의 마음을 사로잡고 싶은 생각이 있다면 우선 오감(五感)을 작용해야 한다. 이때 먼저 눈과 귀를 즐겁게 해준 다음 이성을 묶어놓는 것이 효과적이다. 그렇지만 같은 행위라도 품위를 지키지 않으면 아무 소용이 없을지 모른다. 같은 행동이라도 품위를 느낄 수 있는 행동과 그렇지 못한 것과는 받아들이는 쪽에서 볼 때 하늘과 땅처럼 차이가 나기 때문이다.

잠시 생각해 봐라. 누군가가 말을 하면 대답을 바로 하지 못하고, 옷차림도 단정치 못하고, 말도 더듬고, 웅얼거리듯이 말하고, 따분하고, 동작도 느릿느릿한 사람이 있다고 하자. 특별한 이유가 없는 한, 이 사람에 대해 사람들이 호감을 갖게 될까?

당사자에 관해 아무것도 알지 못하고 멋진 것을 갖고 있을지도 모르지만, 대면한 순간부터 거부하고 싶어 하는 마음이 들 것이다. 만약에 그런 사람에게 마음이 끌린다 해도, 그 이유를 설명하는 것은 쉽지 않으리라 생각된다.

그러나 이것만은 말해 두고 싶다. 잠시 동안의 동작이나 말 한마디로는 품격 따위를 느낄 수 없지만, 그런 행동이 쌓이다보면 환하게 빛을 발하여 어느새 사람의 마음을 꼼짝 못하게 붙든다는 것이다. 그것은 모자이크 한 조각만으로는 별 의미가 없는 것 같지만, 여러 조각이 모여서 하나의 모양을 이루면 더없이 아름다워지는 것과 흡사하다.

산뜻한 복장, 우아한 태도, 절도를 갖춘 의복, 기분 좋게 울리는 음성, 느긋하고 어둠이 없는 표정, 상대의 기분을 맞춰가면서 확실하게 말하는 화술 — 이 밖에도 더 있지만, 지금까지 내가 말한 하나하나가 무엇 때문인지는 모르나 사람의 마음을 사로잡고 놓아주지 않는 조그만 요소임에 틀림없다. 적어도 나는 그렇게 생각하고 있다.

다른 사람의 장점을 끊임없이 배워라

사람의 마음을 사로잡을 수 있는 언동(言動)은 누구나 몸에 익힐 수 있는 것일까?

훌륭한 사람들과 빈번하게 교류할 수 있다면, 또는 그러한 생각이 있다면 기회 있을 때마다 얼마든지 교류를 가질 수 있다. 그때마다 훌륭한 사람들을 관심을 가지고 관찰하고 그대로 따라하다 보면 자기도 그렇게 할 수 있게 된다.

우선, 처음 만났을 때 왠지 모르게 눈길이 가면서 호감이 가는 사람이 있다면, 자기를 끌어당기는 언동을 잘 관찰하여 어떤 점으로 인해 그렇게 좋은 인상을 주는지를 생각해 보는 것이 좋다.

대개는 여러 가지 것이 모인 통합적 이미지이지만, 그 하나하나를 살펴보면 다음과 같은 것들이다.

겸손하면서도 당당한 태도, 보기에 비굴하지 않으면서 경의를 표하는 예의, 우아하고 거만하지 않은 몸과 사지(四肢)의 움직임, 절도 있는 차림새 등……

이러한 것을 알았다면 아는 것만으로 그쳐서는 안 된다. 반드시 행동으로 옮겨야 하고, 행할 때는 자기를 버리고 행동해서는 안 된다.

위대한 화가는 다른 화가의 관점에서 보아 절대 원작보다 못해 보이는 작품을 그리지 않으려고 신중하게 견주어 나갈 때 탄생하는 법이다.

호감 가는 사람을 관찰하여 장점을 본받아라

많은 사람들로부터 예법도 훌륭하고 호감을 주는 인물이라고 인정받는 사람과 만나면 그 사람에게 관심을 가지고 주의 깊게 관찰해 보는 것도 좋다.

연상의 사람에게 어떤 태도와 어떤 말투로 대하고 있는지, 자기와 지위가 비슷한 사람과는 어떻게 교제하고 있는지, 자기보다 지위가 낮은 사람에게는 어떻게 대하는지, 그리고 오전에 사람을 방문했을 때는 어떤 내용의 말을 하는지, 식탁에서 또는 밤의 모임에서 어떻게 행동하는지 등등……

그런 것을 확실하게 관찰해 두었다가 그대로 행동해 보는 것이다. 그러나 원숭이처럼 흉내 내는 짓을 해서는 안 된다. 그것은 그 사람을 복제(複製)하는 것과 다름없기 때문이다.

그렇게 노력해 나가다 보면 그 사람이 사람을 가볍게 다루는 짓, 무시하는 행동, 그리고 자존심이나 허영심에 상처를 주는 짓은 절대 하지 않는다는 것을 알게 될 것이다.

그와 동시에 여러 사람들과 화합하면서 경의를 표하는가 하면, 평가해 주기도 하고, 배려하는 등의 행동으로 상대를 기쁘게 해줌은 물론 마음을 사로잡는다는 것도 알게 될 것이다.

결국, 뿌리지 않은 씨는 싹을 틔우지 못한다. 호감을 가지고 있는 인물도 정중하게 씨를 뿌린 다음 틔운 싹을 정성스럽게 가꿔서 주렁주렁 열매가 열린 작물을 거둬들이는 것에 불과하다.

호감을 갖게 하는 몸가짐을 반복해서 계속하다 보면 어느새 몸에 익혀질 것이다. 그것은 현재의 자신을 뒤돌아보면 바로 알 수 있다. 현재의 자신이란 존재를 이루고 있는 반 이상이 행동에 의해서 이루어졌다는 것을 말이다.

중요한 것은 좋은 예(例)를 선택하는 것, 그리고 무엇이 좋은 점인가를 끝까지 판별해 내는 일이다.

인간은 평상시에 누군가와 대화를 자주 하다 보면 상대의 분위기, 태도, 장점, 단점을 알게 된다. 뿐만 아니라 상대방이 대상에 대해서 어떤 생각을 하는 지까지 무의식중에 파악할 수 있게 된다. 내가 알고 있는 몇 사람도 본인은 그리 영리한 편이 아닌데 평시에 현명한 사람들과 교제한 덕분에 다른 사람들이 미처 생각지 못한 멋진 기지를 발휘하기도 한다.

내가 거듭 말했지만, 너도 뛰어난 사람들과 교제하면 자신도 모르는 사이에 그들과 같은 수준이 되려고 노력하여 발전할 것이다. 거기에 집중력과 관찰력이 가해진다면 도깨비한테 금방망이도 빌려올 수 있는 사람이 되리라고 믿는다.

어떤 사람이든 배울 것이 있다

만약 주변에 호감을 가질 만한 사람이 없다면 어떻게 해야 할까?

그럴 경우, 누구라도 좋으니 주변에 있는 사람들을 차분하게 관찰하는 것이 좋다. 아무리 훌륭한 인간이라 해도 모든 장점을 갖고 있지 못한 것처럼, 아무리 보잘것없는 사람일지라도 찾아보면 반드시 한 가지 좋은 점은 가지고 있는 법이다. 바로 그것을 배우는 것이 좋다. 그리고 싫은 부분이 있다면, 그 반대의 경우를 스승으로 삼으면 된다.

호감을 가질 수 있는 사람과 그렇지 못한 사람과의 차이는 무엇일까?

그것은 말의 내용은 같더라도 태도가 전혀 다른 것이며, 그 점이 틀림없이 호감을 갖게 하는 까닭이기도 하다.

세상에서 많은 사람들로부터 칭찬을 받고 있는 사람이건 품위를 전혀 느낄 수 없는 인물이건 간에 대화, 움직임, 의복, 식생활 그리고 마시는 것 등을 살펴보면 그 내용은 모두 비슷하다. 다만 다른 것은 그 방법과 태도일 뿐이다.

그러므로 어떤 대화 방법, 보행 방법, 식사법 등이 좋지 않은 인상을 주고 있는지 잘 관찰해 보면, 어떻게 해야 된다는 것을 너 스스로 깨닫게 될 것이다.

사람의 마음을 사로잡는 방법

실제로 사람의 마음을 움직이려면 어떻게 하면 좋을까?

다음과 같이 몇 가지 항목으로 요약해서 써보고 싶다. 참고가 되면 좋겠다.

품위 있게 서고, 걷고, 앉아라

지난날, 너의 일에 대해 항상 칭찬해 주신 하비 부인에게서 편지가 왔다. 거기에는, 네가 어느 장소에서 사교댄스 추는 것을 보았는데 뛰어나게 아름다운 몸놀림이었다고 씌어 있었다. 나는 무척이나 기뻤다. 사교댄스를 뛰어나게 아름답게 출 수 있다면, 너의 걷는 모습이나 자리에서 서는 모습, 자리에 앉는 모습도 우아하리라고 생각했기 때문이다.

서는 것, 걷는 것, 앉는 것은 동작으로는 단순하지만, 사교댄스를 멋지게 추는 것보다도 더욱 중요한 것이다.

내가 알고 있는 사람 중에는 사교댄스는 잘 못 춰도 일상의 거동이 깨끗한 사람이 있고, 사교댄스는 잘 추는데도 일상의 거동이 보기 흉한 사람도 있다.

자리에서 점잖게 일어나고 점잖게 걷는 것은 잘해도, 점잖게 앉는 사람은 별로 없다. 사람 앞에 나설 때 위축되는 사람은 부자연스럽게 허리를 펴고 딱딱하게 앉아버리는 경우가 대부분이다. 그리고 조심성을 전혀 갖추고 있지 않는 타입의 사람은 의자에 온 체중을 맡기듯이 기대앉는다. 이것은 매우 친한 사이가 아니라면 그다지 좋은 느낌을 주지 못한다.

모범적인 착석 방법은 우선 기분을 좋게 가진 다음, 온 체중을 맡기듯이 앉지 않고 느긋하게 걸터앉는 것이다. 몸을 굳게 하거나 부동의 자세를 취하는 것이 아니라 힘을 들이지 말고 자연스럽게 행동해야 한다.

너도 다분히 할 수 있겠지만, 만일 할 수 없다면 거기에 가깝도록 연습하는 것이 바람직하다. 사소한 동작이지만, 이 동작은 여성뿐만 아니라 남성의 마음까지도 끌리게 할 정도로 아름답다. 그것은 작업장에서도 마찬가지다.

우아한 일상의 거동이 사람의 마음을 상당히 이끌 수 있다는 것을 잘 인식해 두어야 할 것이다.

예를 들어, 어느 한 여성이 부채를 땅에 떨어뜨렸다고 하자. 유럽에서 가장 우아한 남성이나 그렇지 못한 남성이나 간에 그 부채를 집어서 여자에게 건네줄 것이 틀림없다.

그런데 결과에는 큰 차이가 벌어지게 된다. 주워주는 행동이 우아한 남자는 여성에게 감사하다는 인사를 받고 주위의 부러운 시선을 받겠지만, 주워주는 행동이 어색하고 딱딱한 남자는 사람들의 웃음거리밖에 되지 않을 것이다.

그리고 우아한 거동을 해야 하는 곳이 공공장소만은 아니다. 어느 장소에서나 다 마찬가지다. 사소한 일이라고 해서 하지 않으면 막상 그런 동작을 해야 할 때 하지 못하게 되는 것이다. 커피 한 잔을 마시더라도 커피 잔을 잘못 들어 커피가 잔에서 쏟아져 내리는 일이 없도록 조심해야 한다.

지나치게 주목받는 옷은 좋지 않다

차차 너도 의상에 대해서 분명한 생각을 가져도 좋을 나이가 되었다.

나는 상대의 의상을 보면 그 사람의 됨됨이를 상상할 수 있다. 다른 사람들도 그럴 것이다. 나의 경우, 의상에 대해 조금이라도 허세 같은 것이 느껴지면 그 사람의 사고방식도 조금 비뚤어진 것이 아닌가 하고 생각해 버리고 만다.

현대의 영국 젊은이들은 좋든 나쁘든 의상으로서 자기주장을 하려 한다. 하지만 사람의 눈길을 끌기 위해 요란한 의상으로 몸치장한 사람을 보면, 내용이 빈약한 것을 감추기 위해 일부러 위압적인 모양을 하고 있는 것 같아 기분이 나빠진다.

반면, 입는 것에 전혀 관심을 갖지 않아, 궁정(宮廷)에서 일하는 사람인지 마부인지 구별할 수 없을 정도의 모양을 하고 있는 자에 대해서는 그 사람의 내면까지 의심하게 된다.

분별 있는 사람은 의상에 개성이 표출되지 않도록 신경 쓴다. 자기만 뛰어나게 보이는 차림을 하지 않는다. 그 지방의 지식인, 그 사회 사람들과 같을 정도의 모양과 의상을 착용한다. 옷차림이 훌륭한 사람은 기억하고, 초라하면 신경 쓰지 않는 태도는 취하지 않는다.

하지만 젊은 사람은 초라하기보다는 조금 화려한 편이 좋다고 생각한다. 화려함은 나이를 먹어갈수록 조금씩 달라지겠지만, 관심을 갖지 않으면 비참해져서 40세가 되면 뒤떨어진 사람이 되고, 50세가 되면 밉상이 되어버리기 십상이기 때문이다.

그러므로 주위 사람들이 좋은 옷차림을 했을 때는 자신도 훌륭하게, 간소한 차림을 했을 때는 자신도 간소하게 할 일이다. 그러나 항상 재봉질이 잘 되어 있는 것, 그리고 몸에 잘 맞는 것을 착용토록 한다. 그렇지 않으면 거북한 느낌을 준다.

또한 일단 그날의 의상을 결정하고 그것을 착용한 후에는 두 번 다시 의상에 대해서 생각지 말아야 한다. 즉 짝이 잘 맞지 않아 이상하지는 않은지, 색의 조화가 나쁘지는 않은지 등을 생각하게 되면 동작이 굳어지고 만다. 일단 착용했으면 두 번 다시 그 일을 생각지 말고 자연스럽게 그리고 기분 좋게 움직이도록 한다.

그리고 머리 모양에도 신경 써야 한다. 머리도 의상의 일부다. 또한 양말을 느슨하게 신는다든지, 구두끈을 풀어 헤쳐 놓은 채 다니는 일은 삼가야 한다. 특히 단정하지 못한 발 모양은 난폭한 인상을 주기 쉽다.

사람들에게 좋은 인상을 주고 싶다면 깨끗해야 한다는 것이 특히 중요하다. 항상 손톱을 깨끗이 하고, 식후마다 반드시 이를 닦아야 한다. 특히 이는 중요하다. 언제까지라도 자기 이로 씹기 위해서도 그렇고, 참기 어려운 치통을 경험하지 않고 살아가기 위해서라도 주의를 게을리 해서는 안 된다. 더구나 이가 나빠지면 나쁜 냄새를 풍기게 되므로 주위 사람들에게 실례가 된다.

너는 매우 훌륭한 이를 갖고 있는 것 같은데, 나는 그 점에서는 형편없다. 젊었을 때부터 주의를 게을리 했기 때문에 지금은 말이 아니다. 매일 식사 후 따뜻한 물과 부드러운 칫솔을 사용하여 4, 5분 닦은 다음 5, 6회 정도 양치질하는 습관을 갖는 것이 좋다.

치열(齒列)에 대해서는 그곳에 유명한 전문가가 있다는 말을 들었다. 그러니 빨리 찾아가서 이상적인 치열로 교정 받도록 해라.

표정을 밝게 하면 마음도 밝아진다

사람의 마음을 사로잡는 요인은 많지만, 그중에서 가장 두드러지는 것은 표정이 아닐까? 그런데 너는 이것을 모르고 있는 것 같다.

보통 사람은 조금이라도 자기 용모에 잘못된 곳이 있으면 그것을 감추고 메우기 위해 필사적으로 노력한다. 그리 훌륭하다고 말할 수 없는 용모로 태어난 사람일수록 조금이라도 잘 보이려고 고상한 행동을 해보고, 상냥스럽게 미소도 지어보는 등(대개는 밀턴의 〈실낙원〉에 등장하는 악마처럼, 그보다 더 무서운 형상이 되기도 하지만) 눈물겹게 노력하고 있다.

너는 하느님이 너에게만 준 독특한 용모를 고맙게 여겨야 할 것이다. 그런데 그것을 모독하고 있는 것은 너의 험상궂은 얼굴 표정이다. 그 표정은 도대체 어디서 나온 것이냐? 본인으로서는 남자답고 사려 깊고 결단력 있는 얼굴 표정이라고 여길지 몰라도 그것은 당치 않은 생각이다. 그것은 고작 매일 호령만 하면서 엄숙하게 보이려고 하는 병장(兵長)의 얼굴에 불과하다.

내가 알고 있는 어느 젊은이가 의회의 의원으로 막 선출되었을 때, 자기 방에서 거울을 향해 표정과 동작 연습을 하다가 그 장면을 동료들에게 들켜서 웃음거리가 된 일이 있었다. 그러나 나는 웃지 않았다. 공공장소에서 표정과 동작이 얼마나 중요한가를 알고 있는 사람이라는 생각이 들어 도리어 칭찬했다.

이 글을 보고, 너는 분명히 이렇게 말할지도 모른다. '그렇다면 온화한 얼굴 표정을 갖도록 연구하고, 매일 그렇게 하도록 신경 쓰라는 말입니까?'라고…….

거기에 대한 대답을 하자면, 매일이 아니라 2주일 동안이면 족하다. 그러니까 2주일 동안만이라도 보기 좋은 표정을 짓도록 노력해 주길 바란다. 그렇게 하고 나면 이후로는 얼굴에 대해서 전혀 생각하지 않아도 될 것이다.

누구나 자신의 얼굴은 하늘에서 받은 것이다. 지금까지 모독해 온 것의 반(半)만큼이라도 좋으니 노력해 보면 어떻겠느냐?

우선 눈매가 우아하게 보이도록 표정을 지은 다음, 얼굴 전체에 미소가 어리게 해봐라.

이런 모습이 잘 떠오르지 않으면, 수도사의 표정 등을 보고 배워두는 것도 좋을 것이다. 선의(善意)에 넘치고, 자애(慈愛)가 가득하며, 위엄 있으면서도 열기가 담겨 있는 표정…….

너는 사람의 마음을 끌 수 있는 점을 상당히 많이 갖고 있다고 이 아버지는 생각하는데, 어떠냐?

물론 표정만 좋아야 한다는 것은 아니다. 진심 어린 마음이 담기지 않으면, 표정이 아무리 그럴듯해도 사람들은 감동하지 않는다. 오히려 가식이라고 여길지도 모른다.

대부분의 사람들은 표정보다는 마음에 의해 움직인다. 따라서 부드러운 마음이 느껴지도록 미소가 담긴 표정을 지어야만 상대방이 호의를 보이게 되는 것이다.

이렇게 말해도 표정을 고치는 것이 귀찮게 여겨지느냐? 1주일 동안에 30분 정도의 시간만 사용하면 되는데 말이다.

나는 너에게 듣고 싶은 이야기가 있는데, 너는 왜 그토록 열심히 댄스를 배웠느냐? 그것 역시 상당히 귀찮았을 텐데 말이다.

너는 분명히 이런 식으로 대답할 것이다. '그것은 사람의 마음을 이끌기 위해서입니다.'라고.

바른 답이다. 그러면 너는 무슨 이유로 고급 양복을 입고 이발까지 하느냐? 그것 역시 귀찮은 일 아니냐? 만약 그런 일이 귀찮다면 너는 뻗은 머리를 하고 있어야 하고, 의복 역시 얄팍한 걸레쪽을 모아 만든 것을 입어야 할 것이다. 그런데 너는 왜 그런 것에는 시간과 노력을 아끼지 않느냐?

거기에 대해서 너는 이렇게 대답할 거다. '그것은 사람에게 싫어하는 인상을 주지 않기 위해서.'라고.

그것도 바른 답이다. 그런 것을 알고 있다면 이후부터는 그저 도리에 따라서 행동하면 된다고 생각한다.

다시 한번 말하지만, 댄스나 의상이나 머리 모양보다도 더 근본적으로 신경 써야 할 일은 '표정'을 연구하는 일이다. 표정이 나쁘면 댄스나 의상이나 머리 모양도 아무 소용없다.

 네가 춤을 추는 것은 고작 1년에 6, 7회 정도밖에 되지 않지만, 너의 표정은 다른 사람들이 너를 볼 때마다 365일 내내 보는 것 아니겠느냐.

다른 사람에게 호감을 주기 위해 노력하는가?

내가 여기서 말하는 것을 몸에 익힐 수 없다면, 아무리 풍부한 지식을 가지고 있다 해도 일이 성사되는 비율은 그리 높지 않을 것이다.

지금이야말로 이 장식물을 갖춰야 할 때다. 지금 그것을 하지 못하면, 아마 평생 하지 못할 것이다. 그러므로 다른 일들은 모두 뒤로 미루고, 지금은 그 일에만 집중했으면 한다.

내가 너에게 외면을 장식하라고 이런 편지를 써서 계속 가르치고 있는 것을, 세속적인 삶을 버린 현학적인 인간이 알았다면 도대체 어떻게 생각할까? 아마 경멸하는 듯한 얼굴로 '아버지가 자식에게 하는 충고라면 그보다 더 좋은 말이 많을 텐데……' 하고 혀를 찰 것이다.

아마 그들의 사전에는 '호감을 갖는다.' 또는 '남에게 호감을 주라.'라는 말은 없을 것이다. 하지만 현실에 그런 말이 존재한다는 것은 그만큼 사람들이 '호감에 의지한다.'는 것을 말해 주는 반증이 아닐까 싶다. 또한 '호감'이란 것에 관심을 갖고 그것을 화제(話題)로 삼을 만큼 사람들이 그것을 원하기 때문에, 나로서도 별수 없을 뿐 아니라 절대로 우습게 넘겨버릴 얘기가 아니라고 생각한다.

예의범절에 대하여

전부터 생각해 왔지만, 이 세상 젊은이들이 이처럼 예의가 없고 보기 흉한 행동을 많이 하는 것은 그 부모들이 예의를 가볍게 생각하든가, 아니면 그런 것에 아예 관심이 없기 때문이 아닐까 싶다.

그들은 기초교육, 대학, 유학 등의 교육을 시킨다. 그런데 자식의 일에는 무관심하기도 하고 경솔하기도 하여 각 교육과정에서 자기 자식이 어떻게 성장하고 있는지를 관찰하는 일도 없고, 혹은 관찰해도 그것을 판단하는 일도 없이 그저 흘려버리고 만다. 그리고 자신을 스스로 안심시키기 위해서 '괜찮다. 다른 집의 아이들과 동일하게 해나가면 문제없다.'라고 중얼거린다.

그런데 동일하게 해나가는 것은 틀림없으나, 잘하지 못하고 있으니 문제다. 그들은 학교 시절에 몸에 밴 어린이 같은 유치한 장난을 버리지 못한다. 대학에서 몸에 밴 비뚤어진 태도를 바꾸지 않는다. 그리고 유학 중에 유일하게 몸에 익힌 뻔뻔스러움도 고치지 않는다. 하지만 그런 것은 부모가 주의시키지 않으면 주의를 줄 사람이 따로 없다.

그래서인지 젊은이들은 많은 눈이 바라보고 있다는 것도 모르고, 자신이 남들의 눈살을 찌푸리게 하는 태도를 몸에 익히고 있다는 사실을 조금도 모른 채 눈을 뜨고 볼 수 없는 무법적인 행위를 계속하고 있다.

앞에서도 몇 번이고 말한 것으로 알고 있다만, 아이들의 예법이나 사람을 대하는 태도를 이러쿵저러쿵 말할 수 있는 사람은 아버지밖에 없다. 그것은 어린아이가 어른이 되어도 마찬가지다. 아무리 친한 친구라도, 경험이 담긴 아버지와 같은 충고를 해줄 수 없는 것이다.

나처럼 충실하고 우호적이고 눈이 정확한 감시 장치를 가지고 있어서 얼마나 행복한지, 너는 아느냐? 그리고 어느 것 하나도 나의 눈을 피할 수 없다고 말해도 과언이 아니다.

나는 너에게서 결점을 발견하면 재빠르게 그것을 고치도록 지시하고, 장점이 있을 때는 재빠르게 발견하여 박수를 보내준다. 이것이 곧 네 아버지로서 내가 할 일이라고 생각하고 있다.

학문으로 배울 수 없는 경험이야말로 더없이 중요하다

인간이란 원래 완벽한 존재가 아니기 때문에 완벽한 모습에 가까워 지려고 끊임없이 노력한다. 나 또한 그 실현을 위해서 심혈을 기울여 왔고, 네가 태어난 이후 줄곧 너에게 걸어온 소망이기도 하다. 때문에 그것을 위해 수고를 아낀 일도 없었고, 비용을 아낀 일도 없다.

그 실현을 위한 노력 가운데서 가장 큰 비중을 차지하는 것은 교육이 라고 생각한다. 교육이란 가지고 태어난 자질 이상으로 인간을 바꿔놓 을 수 있는 것이기 때문이다. 그것은 너도 경험해 왔으므로 쉽게 공감 하리라 생각한다.

우선 내가 어린 너에게 가르치고 싶었던 것은 아직 판단력이 없는 가운데 선(善)을 좋아하는 마음과 사람을 존경할 줄 아는 마음을 갖게 해주는 것이었다. 너는 그것을 마치 문법을 외우기라도 하듯이 기계적 으로 몸에 익혔다. 그리고 지금에 와서는 자신의 판단으로 그것을 실행 하고 있다.

물론 선을 행하는 것이나 사람을 존경하는 것은 당연지사이고, 보통 사람들도 가르침을 받기 이전에 행하고 있는 일이다.

샤프츠베리 경은 이렇게 말하고 있다.

"나는 사람들이 보고 있기 때문에 선을 행하는 것이 아니라, 나 자신을 위해서 선을 행하는 것이다. 그것은 사람이 보고 있으니까 청결하게 하는 것이 아니라, 자신을 위해서 청결하게 하는 것과 같은 것이다."

그러므로 너에게 판단력이 생기고 난 후부터 나는 선을 행하라는 말을 한마디도 한 일이 없다. 그것은 당연한 일이기 때문이다.

그다음으로 내가 뜻을 두었던 것은 너에게 한쪽으로 치우치지 않는 교육을 베푸는 일이었다. 이것도 처음에는 나, 다음은 하트 씨 그리고 최근에는 너 자신의 힘에 의해서 예상 이상의 성과를 올렸다. 그래서 나의 기대에 충분히 응해 주었다고 생각한다.

그리고 마지막으로 남은 일은 사람과의 교제 방법과 예법을 가르치는 일이다. 이것을 알지 못하면 애써 몸에 익혀둔 것이 불완전한 상태에서 빛을 잃게 되어, 자칫하면 보람 없는 일이 되고 말 것이다. 그런데 유감스럽게도 너에게 이런 점이 부족한 것 같아, 이 편지에서는 그 점에 관해 쓰려고 한다.

상대에게 자신을 맞춰라

우리 모두가 알고 있는 어느 인물은 예의에 대해서 '서로가 자신을 조금이나마 상대에게 맞추려고 하는 분별과 양식 있는 행위'라고 멋지게 설명하고 있다. 여기에 이의를 제기할 사람은 없을 것이다.

흔히 분별 있고 양식 있는 인간은 누구나 예의바른 인간이라고 생각하기 십상인데, 그럼에도 불구하고 이렇게 설명했다는 것은 분별과 양식 있는 사람일지라도 상대방에게 맞는 예의를 갖추는 것이 쉽지 않다는 말일 것이다.

예의를 표하는 방법은 사람, 지방, 환경 등에 따라 크게 달라질 수 있기 때문에 그것을 자기 눈으로 보고 귀로 들어보지 않고서는 판단하는 것이 쉽지 않다. 그러나 예의를 중하게 여기는 마음은 시대나 장소를 막론하고 변하지 않을 것이므로, 의지가 있느냐 없느냐가 곧 예의바른 인간이 될 수 있느냐 없느냐의 관건이라고 생각한다.

예의가 특정 사회에 미치는 영향은 도덕이 사회 전반에 미치는 영향과 흡사하다. 이는 사회를 하나로 모아 안전성을 높이려고 하는 것인데, 비슷한 것은 그것뿐만이 아니다. 일반사회에는 도덕적 행위를 남에게 권장하기 위해서(혹은, 적어도 부도덕한 행위로부터 몸을 보호하기 위해) 법률이라고 하는 것이 제정되어 있고, 특정한 사회에서는 예의바른 행위를 남에게 권장하고 무법을 타이르는 암묵의 규정 등이 있다.

이렇게 말하니까 법률과 암묵의 규정을 뒤죽박죽으로 만드는 것이 아닌가 하고 놀랄지도 모르겠으나, 나는 그것을 공통된 것으로 생각한다. 누군가가 다른 사람의 소유지에 침입하면, 그 사람은 법에 의해서 벌을 받게 될 것이다. 마찬가지로 다른 사람의 화목한 사생활에 거침없이 침입한 무법적인 인간이 있다면, 그 또한 사회 전체의 암묵의 합의에 의해서 추방당하는 것처럼 말이다.

또한 문명사회에 사는 인간이라면 웃음 띤 얼굴로 행동하고, 상대에게 주의도 주고, 다소의 희생도 치러야 한다고 말하는 것은 누구에 의한 강요가 아니다. 그것은 그 공동체에 사는 동안 자연스레 몸에 익히게 되는 일종의 암묵적인 협정 같은 것으로, 왕과 시종이 비호(庇護)와 복종이라고 하는 암묵의 협정으로 맺어져 있는 것과 다르지 않다. 그 협정을 위반하면 어느 쪽이든 삶의 이익을 박탈당하게 되는데, 그것은 당연한 응보라고 할 수 있다.

　나 개인의 생각을 말한다면, 예(禮)를 다한다는 것은 선행(善行)으로 사람의 마음을 사로잡는 것이라고 생각한다. 그래서인지 나는 "아테네의 장군 아리스테이데스와 같다."고 하는 찬사를 듣는 것이 가장 기쁘고, 그다음으로 기쁜 것은 "예의가 바른 사람이다."라고 하는 칭찬이다. 예의라고 하는 것은 이 정도로 중요하다.

상황에 알맞은 예의범절

소위 말하는 '예의'라는 것에 대한 이야기는 이 정도로 해두고, 다음은 상황에 맞게끔 예절을 다할 수 있는 방법에 대해 말하려 한다.

윗사람에게는 공손하게 행동해라

그것을 어떻게 표현하는지 알지 못해 윗사람이나 상사에 대해 실례를 범하는 것만큼 못난 짓도 없을 것이다.

분별 있고 인생 경험이 풍부한 사람은 어깨에 힘을 주지 않고서도 자연스럽게 예절을 다한다. 그런데 훌륭한 사람들과 교제해 본 적이 없는 사람들은 옆에서 보기에도 안쓰러울 정도로 애를 쓰지만 왠지 태도가 딱딱하고 부자연스럽다.

존경하는 사람 앞에서 버릇없이 의자에 걸터앉거나, 휘파람을 불거나, 머리털을 쥐어뜯거나 하는 등의 무례를 저지르는 사람을 아직 본 일은 없지만, 여하간 윗분 앞에서 주의해야 할 점은 단 한 가지다.

주눅 들어서 흠칫거리지 말고, 힘을 뺀 자세로 우아하게 행동하라는 것이다.

이러한 태도는 좋은 본보기를 관찰한 후, 그것을 실제로 행동으로 옮겨보면서 몸에 익히는 수밖에 따로 방법이 없다.

불필요한 모임에는 참석하지 않는 것이 좋다

특히 연상의 사람이 없는 잡다한 모임에서는 적어도 잠시 동안은 초대받은 사람 전원이 같은 입장을 취하는 것이 좋다. 이 경우에는 진심으로 존경한다는 경의를 표해야 할 인물이 원칙적으로 없기 때문에 행동도 자유스럽고, 긴장해야 할 일도 적을 것이다. 어떤 사귐이든 지켜야 하는 선(線)이라는 것이 있는데, 이 경우도 그것을 지키기만 하면 무엇을 해도 괜찮을 거라고 생각한다.

그러나 이런 모임에서 주의해야 할 점은, 특히 조심해야 할 사람이 없는 대신 누구나가 통상적인 예의나 배려를 기대하고 있다는 사실이다. 그러므로 조심성이 없다든가 무관심한 행동은 삼가야 한다.

예를 들어 누군가가 가까이 다가와서 지루한 말을 시작했다 하더라도, 너는 일단 친절하고 예의바르게 말을 들어주지 않으면 안 된다. 말의 내용을 제대로 듣지도 않으면서 상대를 바보 취급하고 있다는 것을 눈치라도 채면, 아무리 대등한 관계라 하더라도 이미 '실례'를 넘어 '매우 무례한' 짓이 되어버리기 때문이다.

이것은 상대가 여성일 경우에는 특히 그렇다. 어떤 지위의 여성이라도 주목하는 것만으로는 충분치 않으며, 다소 지나치다 싶을 정도의 배려가 필요하다. 그녀들의 조그만 소망이나 좋아하고 싫어하는 것,

취미, 변덕스러움, 심지어는 건방진 태도까지 마음을 쓰면서 애지중지 해야 한다. 또한 할 수 있는 일이면 그런 것들을 추측하여 질문하는 등으로 관심을 표해야 한다. 이런 일들을 하지 않고서는 결코 충분하다고 말할 수 없다. 내가 알기로 예의 바른 사람은 모두 그렇게 하고 있다.

잡다한 인간의 모임에서 어떻게 해야 예절을 다할 수 있는지를 하나하나 열거하자면 끝이 없을 뿐 아니라, 너에게도 실례가 될 것 같은 생각이 들어 여기서 끝내려고 한다. 이후부터는 너의 양식으로 이해하면서 행동하면 될 것이라 믿는다.

아랫사람을 적대시하지 마라

너는 너의 방을 청소해 주는 사람이나 구두를 닦아주는 고용인보다 태어나면서부터 뛰어나다고 생각하고 있지는 않으리라 생각한다.

하늘이 너에게 내려준 행운에 감사하는 것은 좋다. 하지만 불운함 속에서 태어난 사람들을 바보 취급한다든가, 불필요한 말을 해서 그들을 더 불행하게 만드는 짓은 결코 해서 안 된다.

우리는 대등한 사람을 대할 때보다 신분이나 지위가 낮은 사람을 대할 때 더욱 신경 써야 한다. 그것은 그 사람의 노력이나 실력과는 관계없이 단지 잘못 타고난 운명 때문에 신분이나 지위가 다르다는 것을 다시금 인식시켜주거나 자존심을 상하게 만들고 싶지 않기 때문이다.

그런데 네 주변의 일부 젊은이들은 이런 문제에 관심을 갖지 않는 경우가 많다. 명령적인 태도나 권위를 앞세워서 단정적으로 말해 버리는 것을 용기나 기개(氣槪) 있는 행위라고 오해하는 젊은이가 있는데, 이것은 가당치 않다. 그들이 이런 일에 관심을 기울이지 않는 것은 일반적으로 오만한 마음 때문인데, 신분이 낮은 사람들을 바보로 만드는 등의 행동을 하다 보면 그들을 적으로 만들어버리는 결과를 낳게 된다.

그렇다면 이런 젊은이들은 신분이나 지위가 낮은 사람들에게 관심을 갖지 않고 도대체 어디에다 관심을 갖고 있는 걸까? 그들은 주변의 친구나 한층 돋보이는 사람들 — 지위가 높은 사람, 외형이 근사하고 매력적으로 보이는 사람, 인격자로 존경받는 사람 등 — 이다. 그리고 그 이외의 사람들에게는 관심조차 보이지 않을 뿐 아니라 예의까지도 지키지 않는다.

솔직히 말하면, 나도 네 나이 때는 그랬었다. 매력적인 일부 사람의 마음을 이끄는 데 필사적이었고, 그 외의 사람은 송사리 취급하면서 일반적인 예절마저 지킬 필요가 없다고 생각했었다. 오로지 각료나 지식인, 눈에 띄는 뛰어난 미인 등에게만 예절을 다했다.

이런 어리석은 짓을 일삼다가 다른 사람들에게까지 무례하게 굴어 많은 사람들을 분노케 했고, 그 결과 나는 남성이나 여성을 막론하고 많은 적을 만들어놓고 말았다.

그런데 내가 가장 좋은 평판을 받았다고 생각한 장소에서, 송사리로만 생각했던 그들이 결정적으로 먹칠을 해버렸다.

그때 비로소 나는 나 자신의 오만을 깨달았다. 그러나 깊이 생각해 보면, 오만이 아니라 분별이 부족했던 것이다.

옛 격언에 이런 말이 있다.

'민심을 사로잡는 왕만이 근심도 위험도 없이 오래도록 권좌에 앉을 수 있다.'

이 말은 가신(家臣)들로부터 호감을 받아야만 어떤 무리보다도 강해진다는 말이다.

왕이 가신들의 존경을 받으려면, 가신들이 두려워하기보다 호감을 갖게 해야 한다. 그리고 사람 마음을 사로잡는 방법을 알기 위해서는 많은 것에 뛰어나야 한다.

태어난 그대로 발전 없이 일생을 마쳐서는 안 된다

다음으로 말하고 싶은 것은, 설마 그런 일로 발목을 잡힐까 하고 대수롭지 않게 생각한 일에서 뜻하지 않게 실패를 당해 버린 예다. 이것은 아주 친한 친구나 친지를 대하는 태도에 관한 일이다.

친한 관계에서는 느긋한 기분을 갖는 것이 좋으며, 그렇게 하는 것이 당연한 일이다. 또한 그런 관계가 사생활에 평온함을 가져다주는 것도 사실이다. 그렇지만 친한 관계일수록 절대 뛰어들어서는 안 될 영역이 있음을 잊어서는 안 된다. 말하고 싶은 대로 실컷 지껄인다든가, 자기만 좋을 대로 지껄여대면 친구의 얼굴빛이 이내 변해 버린다는 것을 너도 알게 될 것이다(자유가 지나치면 이윽고 자신을 망쳐버리는 것과 비슷하다).

막연한 말로는 머릿속에 쏙 들어가지 않을 것 같아 한 가지 강렬한 예를 들어보겠다.

예를 들어, 나와 네가 같은 방 안에 있다고 하자. 나는 네가 무엇을 하든 관여치 않으며, 네가 좋아하는 일을 하고 있다고 생각하고 있다.

이럴 경우 두 사람 사이에 아무런 예의가 필요 없다고 생각하느냐?

확실하게 말을 한다만, 조금도 그렇게는 생각지 않는다. 아무리 상대가 너라고 하더라도 어느 정도의 에티켓은 지켜야 한다고 생각한다. 정도는 다를지 몰라도, 그것은 다른 사람에 대해서도 마찬가지다.

만일 내가 지껄여대는 동안에 네가 다른 것을 생각하고 있든지, 내 눈앞에서 커다랗게 하품을 하거나 코를 고는 등의 실수를 했다면, 나는 '자기가 뭔데 야만적인 행동을 하는가?' 하면서 창피함을 느낄 것이다. 그리고 너에게 거리감을 느끼게 될 것이 분명하다.

사람이란 모두 다 그런 것이다. 친한 사이일수록 친분을 오래도록 지속시켜 나가기 위해서는 어느 정도의 예의가 필요한 법이다.

남편과 아내가 (남자와 여자라도 좋다) 낮처럼 밤을 함께 보낼 때, 매너든 예절이든 모두 다 무시해 버리고 엉망으로 굴었다면 어떻게 될까? 십중팔구는 화목한 사이에 금이 가고, 서로에게 실망하여 상대방을 경시하게 될 것이 틀림없다.

사람이란 누구나 나쁜 면을 가지고 있다. 그런데 그것을 드러내는 것은 단순한 무례함에서 비롯된 것이 아니라 무분별함에서 기인하는 경우가 대부분이다.

내가 네 아버지이지만, 너를 우러러보는 예법으로 대하는 일은 없을 것이다. 만일 그렇게 한다면 방향이 상당하게 달라질 테니 말이다. 너에게는 나름대로의 예를 다할 뿐이다. 그렇게 하는 것이 예의에 어긋나지 않는 것이고, 그렇게 해야만 서로가 언제까지라도 유대를 맺어 나갈 수 있기 때문이다.

예의에 관해서는 이 정도로 해두자. 그러나 하루의 반은 예의를 몸에 익히기 위해 노력해 주기를 바란다.

다이아몬드 역시 원석 그대로는 아무런 쓸모가 없다. 약간의 값이 나갈지 모르나, 갈고 갈아서 비로소 사람들의 몸에 장식품으로 달리게 되어야만 제 구실을 다하는 것이다.

다이아몬드의 아름다움은 원석의 굳기와 밀도에 의해 좌우된다. 하지만 연마라고 하는 마지막 손질을 다하지 않는다면 더러운 원석에 불과하므로, 수석을 좋아하는 수집가의 진열장 속에 놓이는 것으로 만족해야 할 것이다.

너는 알맹이가 짙고 견고하니까(나는 그렇게 믿고 있다), 더욱더 노력하고 연마하면 사람들이 갖고 싶어 하는 다이아몬드가 될 수 있을 것이다.

또한 네가 어떻게 노력하느냐에 따라, 주위의 훌륭한 사람들이 너의 모습을 아름답게 조각하여 참된 빛이 나도록 갈고 닦아줄 것이라 생각한다.

9.

사랑하는 자녀에게
보내는 '인생 최대의 교훈'

언행은 부드럽게, 의지는 굳건하게

　언젠가 너에게 이런 말을 소개해 주면서 항상 염두에 두고 행동해 주길 바란다는 글을 쓴 일이 있었는데, 그것을 기억하고 있느냐? 그 말이란 '말씨나 태도는 부드럽고, 의지는 견고하게'라는 것이었다. 이처럼 인생의 모든 면에서 활용될 수 있는 말은 다시없다고 말해도 과언이 아닐 것이다.

　오늘은 이 말에 대해서 나이 든 선생의 기분으로 말해 보겠다. 우선 이 말을 구성하고 있는 두 개의 요소인 '말씨와 태도는 부드럽게'와 '의지는 견고하게'에 대해서 설명하고, 다음으로는 이 두 가지가 일체 되었을 때 어떤 효과를 얻을 수 있는가에 대해서, 그리고 마지막으로는 그 실천 사항에 대해 말해 보고자 한다.

　말씨나 태도는 부드러운데 의지가 견고하지 못하다면 어떻게 될까? 그저 친밀한 듯 기분만 좋을 뿐, 마음이 약하거나 비굴하고 소극적인 인간이 되어버리고 말 것이다. 반면에 의지는 강하지만 말씨나 태도가 거친 사람은 어떻게 될까? 그런 사람은 사납고 저돌맹진형(渚突猛進型)의 인간이 되기 십상이다.

사실은 양쪽이 다 갖춰져 있는 것이 안성맞춤이지만 그런 사람은 그리 많지 않다. 의지가 강한 사람은 혈기가 왕성하여, 말씨나 태도가 부드럽지 못하며 무엇이든 힘으로 밀어붙이려고 한다. 이런 사람은 내성적이고 마음이 약한 사람이 상대일 경우에는 자기 생각대로 일을 해치울 수 있으나, 그렇지 못한 경우에는 상대로부터 노여움이나 반감을 살 수 있으므로 목적을 달성하는 것이 쉽지 않다.

또한, 말씨나 태도가 부드러운 사람은 교활하여 모든 것을 부드러운 대인관계로써 손에 넣으려고 한다. 소위 팔방미인인 것이다. 마치 자기에게 의지 같은 것은 없는 것처럼, 그때그때 상황에 따라 상대의 기분을 얼마든지 맞춰나간다. 이런 사람은 어리석은 사람은 속일 수 있어도 그 밖의 사람들은 속일 수가 없어 곧 탄로 나고 만다.

말씨나 태도의 부드러움과 강한 의지를 함께 갖춘 사람은 강인한 사람도 팔방미인도 아니다. 오직 현인(賢人)뿐이다.

강한 의지는 '부드러움'으로 멋지게 포장해라

그럼 이 두 가지를 다 갖추고 있다면 어떤 이점이 있는가?

누군가에게 명령을 내릴 입장에 있을 경우, 점잖은 태도로 명령을 내리면 아랫사람은 그 명령을 기쁜 마음으로 받아 기분 좋게 실천해 나갈 것이다. 그러나 경박한 몸놀림으로 명령을 내리면 부하직원은 그 명령을 멋대로 수행하든지 아니면 도중에 포기해 버리고 만다.

한 예로, 내가 부하에게 "와인 한 잔 가져와!" 하고 난폭하게 명령을 했다고 하자. 그 명령을 내린 후부터, 나는 그 남자가 내 머리 위에 와인을 엎지를지도 모른다는 각오를 하고 있어야 한다. 그런 일을 당할 정도의 짓을 했기 때문이다.

물론 명령을 내릴 때에는 '복종해야만 한다.'는 생각이 들게끔 냉정하고 강한 의지를 보여주는 것이 필요하다. 그러나 그것을 상냥함으로 감싸서 필요 없는 열등감을 느끼지 않도록 하고, 될 수 있는 한 기분 좋게 명령에 따라주게끔 배려하는 태도가 필요하다. 그것은 네가 윗사람에게 무엇을 부탁할 때나 당연한 권리를 요구할 때도 마찬가지다. 점잖은 태도로 하지 않으면 본래 너의 부탁을 피하려고 했던 사람에게는 절호의 구실을 만들어준 것이나 다름없다.

그렇다고 해서 공손함만 가지고는 일이 성취되지 않는다. 절대 뒤로 물러서지 않는 끈기와 품위를 잃지 않는 집요함으로 의지가 얼마나 강한가를 보여주는 것이 무엇보다 중요하다.

특히 지위가 높은 사람이 도리에 맞지 않는 행동을 하면 분별없는 행동이라고 말해 주는 것이 좋다. 평상시라면 정의를 위해서, 또는 국가의 이익을 위해서라는 이유로 물러날 수 있을지 모르지만 집요함에 패한다든가 앙심 같은 것이 무서워서 수긍해 버려서는 안 된다.

이 경우에는 말씨나 태도를 부드럽게 하여 그들의 마음을 사로잡아야 한다. 그렇게 하면 적어도 거절할 구실을 주지 않고 일을 끝낼 수 있다. 그러나 동시에 의지의 강함을 보여서, 평상시라면 들어주지 않을 일이라도 귀찮아서 그리고 앙심을 사는 것이 좋지 않다는 그런 기분을 가지게끔 해서 말을 들어주도록 하는 것도 괜찮다.

신분이 높은 사람은 많은 사람들의 청원이나 불평에 익숙해져 있다.

그것은 외과의(外科醫)가 환자의 물리적인 아픔에 불감증이 되어, 어떤 것이 진짜이고 어떤 것이 가짜인지 구별조차 할 수 없게 된 것과 같다. 그러므로 일반적인 방법으로 — 공평한 입장에서, 인도적인 입장에서 — 호소해 봤자 별로 효과가 없을 것이다. 그러니까 다른 감정에 호소할 수밖에 도리가 없다.

한 예로, 말씨나 태도의 부드러움으로 호의를 갖게 하든지, 큰 소리로 호소하며 '알았으니 그만해라.'는 말이 나오도록 굴복시키든지, 혹은 품위를 떨어뜨리지 않고 말해서 겁을 먹게 하는 것이다. 의지의 강함이란 그런 것이다. 그렇다고 절대 경우 없이 억지만 부려서는 안 된다.

부드러운 말씨와 태도 그리고 의지의 강함을 함께 갖추고 있는 것만이 경멸당하지 않으면서 미움도 사지 않고 존경의 마음을 갖게 하는 유일한 방법이다. 또한 그것은 이 세상의 현인들이 위엄을 몸에 갖추는 방법이기도 하다.

'양보하는 것'과 '유연한 행동'은 크게 다르다

다음은 실천에 관해서 말하겠다. 감정이 격해져서 사리분별 없는 행동을 하거나 버릇없는 말을 무의식중에 뱉지 않도록 자신을 억제하고, 말씨나 태도를 부드럽게 가져야 한다.

이것은 상대가 윗사람이든, 자기와 대등한 사람이든, 신분이 낮은 사람이든 똑같다. 감정이 치오르려고 하면 마음이 침착해질 때까지 조용하게 있어야 하며, 그런 표정의 변화를 상대가 알지 못하도록 신경을 집중시켜야 한다(상대가 그런 표정을 알게 되면 비즈니스에서는 치명적이다).

또한 단 한 발자국도 양보할 수 없는 일이 있을 경우에는 도리어 친밀감을 가지고 상냥하게 대하도록 한다. 그렇다고 비위를 맞춰가면서 상대에게 아첨하라는 말이 아니다. 그럴 때에는 적극적인 방법으로 집요하게 공격을 되풀이하는 것이 좋다. 그렇게 하면 원하는 것을 반드시 손에 넣을 수 있을 것이다.

온화하고 내성적인 성격 때문에 머뭇거리는 사람은 사람의 아픔을 이해하지 못하는 인간에 머물러 있게 되어 바보 취급을 당할 뿐이지만, 거기에 한 줄기 강한 힘줄이 통하기만 하면 많은 사람들로부터 존경을 받게 되어 대체적인 것은 생각대로 밀고나갈 수 있을 것이다.

친지나 친구에 대해서도 역시 마찬가지다. 흔들리지 않는 의지의 힘으로 그들의 마음을 사로잡고, 말씨나 태도의 부드러움은 그들을 적으로 만드는 것을 방지할 수 있을 것이다.

또한 자기의 적에 대해서는 부드러운 태도로 임해 마음을 터놓도록 해야 한다. 동시에 이쪽의 의지가 강하다는 것을 보여주면서, 자신에게 분개해야 할 정당한 이유가 있음을 나타내는 것도 중요하다.

그리고 상대와 다르다고 해서 악의를 품는 등의 마음 좁은 행위는 하지 말아야 하고, 자기가 하고 있는 일은 사려가 분명한 정당방위라는 점을 확실하게 보여주어야 한다.

일을 생각한 대로 진행시키는 비결

사업을 위한 교섭에 임할 때도 이쪽의 의지가 강하다는 것을 상대가 느끼도록 만드는 것을 잊어서는 안 된다. 그리고 무슨 일이 있어도 타협하지 않을 수 없는 그런 시기가 올 때까지 한 걸음도 물러나서는 안 되며, 또한 절충안을 받아들여서도 안 된다. 무슨 일이 있어도 타협하지 않을 수 없는 경우에는 저항을 하면서 한 걸음씩 물러나되, 온화한 태도로써 상대의 마음을 사로잡는 것을 잊어서는 안 된다.

그렇게 상대의 마음을 사로잡고 나면 이해를 얻을 수 있으며, 마음을 동하게 만들 수도 있을 것이다. 그럴 경우 떳떳하고 당당하게 이런 말을 해보는 것도 좋다.

'많은 문제가 있습니다만, 그렇다고 해도 귀하에 대한 나의 경의에는 아무런 변함이 없습니다. 오히려 그 반대로, 이번 일을 통해 귀하께서 진력해 주시는 것을 보고 그 힘과 열의만큼 감복하고 있습니다. 또한 이렇게 도와주시는 분과 개인적으로 가까워질 수 있다면 더 이상 기쁜 일이 없을 것으로 생각합니다.'라고.

이처럼 '말씨나 태도는 부드럽고, 의지는 견고하게'로 일관해 나가면 대개의 교섭은 잘 진행된다. 그렇게 되면 적어도 상대의 생각대로는 잘 되지 않을 것이다.

'북풍(北風)과 태양'에서 배우는 교훈

내가 '말씨와 태도는 부드럽게'라고 말을 했는데, 그것이 그저 부드럽고 온화한 우아함이 전부가 아니라는 것은 이미 너도 알고 있을 것으로 생각한다. 하지만 내가 말하려는 것은 정작 그것이 아니라, 그것을 말로 표현하는 방법이다.

그것을 말할 때의 태도, 분위기, 용어의 선택, 음성의 고저, 그 모든 것을 부드럽고 우아하게 하라는 것이다. 거기에 기를 쓰든가 무리가 있어서는 안 된다는 말이다. 그저 자연스러워야 한다. 틀린 의견을 말할 때도 우아하고 품위 있는 표정을 띠고, 용어도 온화한 것을 택하는 것이 좋다는 말이다.

'당신은 어떻게 생각하고 계십니까?'라는 말을 들었을 때는, '당연히 그런 확신을 가지고 계시지 않겠습니까?' 또는 '확실하게는 모르겠습니다만, 다분히 그런 것이 아니겠습니까?'라는 표현 방법으로 대답하는 것이 바람직하다는 것이다.

연약한 표현이라고 해서 설득력이 결여되어 있는 것은 아니다. 오히려 북풍과 태양처럼 상대의 마음을 적절하게 잡을 수 있을 것이 틀림없다.

그리고 의논은 기분 좋게 끝내야 한다. 자신도 어떤 상처를 입지 않고, 상대의 인격에도 상처를 입히지 않는 것을 확실하게 태도로써 보여줄 필요가 있다. 의견의 대립이란 일시적인 것에 불과하지만, 그러나 서로의 사이를 멀게 만들어버린다. 기껏해야 그런 정도의 태도냐고 말할지 모르나, 태도는 말의 내용과 같을 정도의 중요성을 갖고 있는 것이다.

호의적으로 한 말이 적을 만들기도 하고, 고집스럽게 해본 일이 친구를 만들어주는 등으로 태도 여하에 따라 여러 가지 작용을 한다. 표정, 표현 방법, 용어의 선택, 발성, 품위 등이 부드러우면 '말씨나 태도도 부드럽게' 되고, 거기에 '의지의 강함'이 가해지면 위엄이 있어 보여 사람의 마음을 틀림없이 움직일 수 있게 될 것이다.

강인하지 않으면 이 세상을 살아갈 수 없다

이 세상에는 다소 전략적인지는 모르겠으나, '죄 없이 사는 지혜'라는 것이 있다. 그것을 알아서 빨리 실천한 사람은 많은 사람들의 마음을 모으고 가장 먼저 출세한다.

젊은이들은 그런 것을 싫어하겠지만, 내가 지금부터 너에게 말하려고 하는 것도 뒷날 생각하면 '알아두었더라면 좋았을 것을……' 하고 후회하게 될 것 중의 하나라고 여겨진다.

사는 지혜의 근본은, 누가 뭐라고 해도 감정을 밖으로 나타내지 않는 것이다. 또한 말이나 동작이나 표정에서 마음이 동요하고 있음을 상대가 깨닫지 못하도록 하는 일이다. 만일 상대방이 그것을 깨닫게 되면 마지막이 된다. 왜냐하면 자기 조종을 멋지게 하는 냉정한 상대의 뜻대로 되어버리기 때문이다.

이것은 사업의 경우에만 한정되어 있는 것이 아니다. 평상시 생활에서도 마음을 쓰지 않고 다룰 수 있는 가능성은 얼마든지 있다.

듣기 싫은 말을 하면 노골적으로 화를 내든가 표정을 바꾸는 사람, 좋은 말을 하면 깡충깡충 뛰면서 좋아하든가 표정이 느슨해지는 사람은 교활한 인간이라고 할 수 있다. 교활한 사람은 고의적으로 상대방을 화나게 하는 말을 하든가 또는 좋아하는 말도 해가면서 반응을 살펴보고, 상대가 절대 누설하지 않을 비밀을 찾아내려고 애를 쓰는 경우가 많다.

참견을 잘하는 사람도 마찬가지다. 다른 것이 있다면, 그들은 교활한 인간과 같은 일을 하더라도 자기의 이익은 되지 못하고 주위 사람들만 좋게 만들어줄 뿐이다.

자기의 성격을 변명으로 삼지 마라

냉정한지 아닌지는 성격 탓인 경우가 많기 때문에, 너는 의지의 힘으로 어떻게 할 수 있는 것이 아니지 않느냐고 의문을 가질지도 모른다.

냉정한지 아닌지는 분명히 성격 탓이 크다. 그런데 우리들은 무엇이든 성격 탓이라고 하면서 변명하고 있는 것은 아닐까?

나는 성격은 조금만 노력하면 개선할 수 있다고 생각한다. 보통 사람은 이성보다 성격을 우선시하는 경향을 가지고 있는데, 노력을 하면 얼마든지 이성으로 성격을 억제할 수 있을 뿐만 아니라 그것을 몸에 익힐 수 있는 것이다.

만일 갑자기 감정이 폭발하려고 할 때 이것을 억제할 재간이 없으면 감정이 진정될 때까지 가급적 입을 열지 않는 것이 좋다. 그리고 얼굴 표정도 가급적이면 바꾸지 말아야 한다. 이러한 사실을 명심하고 평상시에 행동하면 능히 성격을 극복할 수 있다.

매우 영리한 체하는 일이나 기이한 생각, 익살스러운 행동 등은 누구나 해보고 싶은 것이지만, 이런 행동들은 칭찬을 받는다 해도 그다지 호의적으로 받아들여지는 것이 아니다. 오히려 적을 만들 뿐이다.

반대로 만일 네가 빈정거림을 받는 일이 있을 때, 가장 좋은 방법은 모르는 체하는 것이다. 직접 보는 앞에서 그렇게 할 수 없을 때는 친구와 함께 웃어가며 빈정대는 내용을 인정해 주면서, 멋진 빈정거림이라고 칭찬해 주고는 침착하게 그 분위기를 고쳐 나가면 어떨까 싶다.

만일 일이 뜻대로 되지 않더라도 그 일을 되풀이하려고 해서는 안 된다. 그런 짓을 다시 하면, 자기의 결점을 스스로 공표하는 것과 다름없기 때문에 모처럼의 고생도 수포로 돌아가고 만다.

속마음을 들키지 마라

무슨 일을 할 때, 혈기왕성한 사람을 대하게 되면 좀처럼 좋은 결과를 얻어낼 수 없다. 왜냐하면 상대방의 원기가 왕성하면 조그만 일에도 마음을 안정시키지 못해 엉뚱한 것을 입 밖에 내기도 하고, 표정에 자기의 감정을 드러내기 쉽기 때문이다. 그런 사람에게는 좋은 생각이 날 때까지 넘겨짚으면서 표정을 관찰하는 것이 좋다. 그러면 반드시 진의를 찾아낼 수 있다.

비즈니스를 할 때는 상대의 마음을 제대로 알아낼 수 있느냐의 여부가 성공의 열쇠가 된다. 자기 자신의 감정이나 표정을 감추지 못하는 사람은 해낼 수 있는 자신을 가지고 있는 사람의 공놀이감에 불과한 법이다. 다른 모든 조건이 대등할 때도 그럴 경우가 많기 때문에 이쪽에서 아무리 뛰어난 솜씨를 가지고 있어도 당해 낼 수가 없는 것이다.

너는 '시치미를 떼라는 것입니까?' 하고 반문할지도 모르지만, 그러나 그렇게 하는 것이 반드시 잘못된 것만은 아니다. 옛날부터 '자기 마음을 남에게 읽힐 수 있는 사람은 다른 사람을 지배하지 못한다.'는 말이 있는데, 나는 좀 더 극단적으로 '남에게 마음을 읽힐 수 있을 정도라면 아무런 일도 성취시킬 수 없다.'고 말하고 싶다.

시치미를 떼더라도 그 사실을 알지 못하게 시치미를 떼는 것과 상대를 속이기 위해서 시치미를 떼는 것과는 크게 다르다. 여기서 잘못된 것은 후자 쪽이다. 사람을 속이기 위해서 감정을 감추는 것은 도덕적으로 어긋난 일일 뿐 아니라 비열한 행위이기 때문이다.

베이컨 경도 이런 글을 쓴 적이 있다.

'사람을 속이는 것은 참으로 지적인 인간이 할 수 있는 일이 아니다. 마음속을 알지 못하게 하려고 감정을 감추는 것은 트럼프의 카드를 남에게 보이지 않으려 하는 것과 같지만, 상대를 속이기 위해서 그런 짓을 한다는 것은 상대의 카드를 훔쳐보려고 하는 것과 같다.'

정치가 볼링부르크 경도 그의 저서에서 다음과 같이 쓰고 있다(이 책을 될 수 있는 한 빠른 시일 내에 너에게 보내줄 생각이다).

'사람을 속이기 위해서 감정을 숨긴다든지 칼을 번쩍 쳐드는 행위는 바람직하지 못한 행위일 뿐 아니라 불법적인 행위이기도 하다. 칼을 사용하면 그건 마지막이 된다. 어떤 합리화나 변명으로도 통용되지 않는다.'

자기의 마음을 읽히지 않으려고 감정을 감추는 것은 방패를 갖는 것과 마찬가지이고, 기밀을 지키는 것은 갑옷을 입는 것과 마찬가지다. 사업에서는 어느 정도 감정을 감추지 않으면 기밀을 지킬 수 없고,

기밀을 지키지 못하면 사업이 잘 되어나갈 수 없다. 이런 관점에서 볼 때, 귀금속에 합금을 혼합시켜 경화(硬貨)를 주조하는 기술과 흡사한 것이다. 합금을 조금 더하는 것은 필요하지만, 이것이 지나치면(기밀주의가 진보되면 교활해진다) 경화는 통화로서의 가치를 잃게 될 뿐 아니라 주조자의 신용도 실추되고 만다.

가슴속에서 아무리 감정의 폭풍이 일고 있더라도, 그것을 얼굴이나 대화 속에 나타내지 않으려면 자기감정을 완전하게 감출 수 있도록 노력해라. 이것은 매우 중요한 일이기도 하지만, 해내지 못할 일도 아니다.

지성이 있는 인간은 불가능에는 도전하지 않지만, 아무리 곤란한 일이라도 가치 있는 일이라면 두 배의 노력을 해서라도 반드시 해내고야 만다. 그러니 너도 분발해야 한다.

선의의 거짓말을 적절히 구사해라

모르는 척하고 있는 것도 상황에 따라서는 대단히 유용한 지혜라고 생각한다. 누군가가 무엇을 말하려고 할 때 네가 모르는 척해야 하는 경우를 예로 들어보겠다.

"이런 말을 알고 계십니까?"

너는 대답한다.

"모릅니다."

설사 알고 있더라도, 너는 모르는 척하며 상대로 하여금 그대로 말을 계속하게 하는 것이다.

개중에는 말을 함으로써 기쁨을 느끼는 사람도 있을 것이다. 또한 지적(知的)인 발견을 말함으로써 자존심을 만족시켜보려는 사람도 있고, 자신이 중요한 것을 말해 줄수록 신뢰받을 수 있다고 생각하여 많은 말을 하는 사람도 있을 것이다(그런 사람이 대부분이다).

만일 너에게 "이런 말을 알고 계십니까?" 하고 물어왔을 때, "네,

알고 있습니다."라고 대답해 버리면 그 사람은 실망해 버리고 말 것이다. 그리고 결국에 가서는 '마음에 들지 않는 사람'으로 단정하고 거북하게 생각해 버리기 십상이다.

개인적인 중상모략이나 주문을 귀에 못이 박히도록 들었어도 마음을 터놓을 수 있는 친구 이외에는 그런 말을 들은 일이 없었던 것처럼 행동하는 것이 좋다.

대개 이런 경우, 듣는 사람이나 말하는 사람이나 모두 좋은 기분은 아닐 것이다. 그러므로 그런 화제가 나오면 마음속으로는 어떻게 믿고 있든 간에 회의적인 체하면서 정상 참작의 의견을 달아두는 편이 좋다.

이처럼 항상 아무것도 모르는 체하고 있으면, 정말 알지 못하고 있던 정보가 뜻밖의 상황에서 완벽한 모양으로 입수될 수도 있다. 그리고 이것은 정보를 수집하는 최고의 방법이기도 하다.

무적의 아킬레우스도 전장으로 나갈 때 완전무장을 한다

거의 모든 인간은 아주 잠시라도 그리고 아무리 사소한 일일지라도 우위에 서서 허영심을 만족시키고 싶어 하는 바람을 갖고 있다. 그러므로 말을 해서는 안 되는 내용이라도 상대가 알지 못하고 있는 것을 자기가 알고 있다는 것을 과시해 보고 싶은 마음에서 마침내 입을 열어버리는 경우도 적지 않다.

하지만 이럴 때 모르는 체하고 있으면 정보를 얻는 일 이외에도 득이 되는 것이 또 하나 있다. 주위 사람들에게 정보를 입수하는 일에 무관심한 사람으로 보여, 음모나 복수 따위에 무관한 인물이라는 생각을 갖게 할 수 있다는 것이다.

그렇지만 필요한 정보는 수집해야 하고, 잘못 들은 정보는 확실하게 조사해 보지 않으면 안 된다.

다만 정보를 수집할 때는 현명한 방법으로 해야 한다. 시종 상대방에게 귀를 기울인다든가, 직접 질문하는 등의 태도는 현명한 방법이 아니다. 그런 태도를 취하면 도리어 상대가 몸을 도사리거나 같은 말을 몇 번이고 되풀이할 수 있기 때문에 시시한 정보밖에는 얻을 수 없게 된다.

모르는 체하고 있는 것과는 반대로, 당연히 모든 것을 다 알고 있는 것 같은 태도를 취하는 것도 때에 따라서는 효과가 있다. 그럴 경우에 있는 사실을 모두 친절하게 말해 주는 사람이 있는가 하면, '다른 사람에게서는 어떻게 말을 들었을지 모르지만…….' 하고 말해 주는 사람도 있다. 또 자신이 알지 못하는 것은 더 이상 없으니까 알고 있는 것을 모두 말해 주겠다고 하면서 정보를 제공해 주는 사람도 있다.

하지만 이와 같은 지혜를 멋지게 구사하려면, 자기 자신은 물론이고 주위에도 조심하면서 냉정해지지 않으면 안 된다. 무적이었던 아킬레우스도 전장으로 나갈 때는 완전무장하지 않았더냐.

사회란 너에게 있어서 전쟁터나 다름없다. 그러므로 항상 완전무장하고, 그래도 허술한 데가 있으면 여분이라 생각하고 무구(武具)를 갖추는 마음을 가져주길 바란다.

하찮은 부주의, 그리고 사소한 방심으로 목숨을 잃을 수도 있으니까 말이다.

사회에서는 '친분'도 실력이다

이 편지는 몽펠리에에 있을 네 앞으로 도착할 것으로 생각한다. 몽펠리에에서 하트 씨의 병도 완쾌되어, 크리스마스 전에 파리에 도착하기를 빌고 있다.

파리에는 너에게 소개해 주고 싶은 두 사람이 있다. 둘 다 모두 영국 사람이지만 알아둘 가치가 있는 사람들이다. 그러니 친하게 사귈 것을 권하고 싶다.

한 사람은 여성이다. 그렇다고 하여 여성으로서 친한 관계를 맺으라는 말은 아니다. 하긴 그 일은 내가 직접 관여할 일은 아니다만 그녀는 나이가 쉰이 넘었다. 전에 너에게 디종까지 가서 만나보고 오라고 했던 하피 부인이다. 마침 부인은 다행스럽게도 파리에서 이 겨울을 보낸다고 한다. 이 부인은 궁정에서 태어나 궁정에서 자라났기 때문에 궁정의 시시한 부분을 제외한 좋은 부분 — 바른 예절, 품위, 친절함 등 — 을 갖추고 있다. 식견도 높고, 여성으로서 읽어야 할 책은 물론이고 필요 이상으로 많은 것을 알고 있는 분이다. 라틴어는 자유자재로 구사한다. 그러나 다른 사람들은 깨닫지 못하도록 멋지게 숨기고 있다.

그녀는 너의 일을 자기 자신의 일처럼 보살펴줄 것이다. 그러니 너도 그녀를 나의 대리인으로 생각하고 무엇이든 찾아가서 상담하고 부탁했으면 한다. 그녀처럼 모든 것을 갖추고 있는 여성은 다시없을 것으로 확신하기 때문이다. 너의 응답하는 방법이나 말씨, 태도 등의 잘못이나 부적당한 것이 있으면 그때마다 주의시켜줄 것을 부탁해 두겠다. 유럽 어느 곳을 찾아봐도 그녀처럼 그런 역할을 정확하고 자상하게 해줄 사람은 없을 것으로 생각한다.

너에게 소개해 주고 싶은 또 한 사람은 너도 조금은 알고 있는 한딩턴 백작이다. 내가 너 다음으로 애정을 쏟으며 높이 평가하고 있는 인물로서, 내 일을 마치 아들이라도 되는 것처럼 돌봐줄 뿐 아니라 사실 나를 양아버지(기쁜 일이지만)로까지 불러주고 있다.

그는 뛰어난 자질과 광범한 지식을 갖고 있으며 거기다 성격까지 좋아서, 종합 평가를 내린다면 이 나라에서 제일가는 훌륭한 청년이라고 나는 생각한다. 이런 사람과 친분을 맺어두면 언젠가는 반드시 좋은 일이 있을 것이다. 거기다 상대도 나의 심정을 깊이 이해하여 너와 친하게 지내줄 것으로 생각한다.

너를 위해서라도 두 사람의 관계를 돈독히 하여 유대관계를 강화시켜주길 바라는 한편 그렇게 하리라 믿고 있다.

두 가지의 친분을 현명하게 이용해라

우리 사회에서는 연고 관계라는 것이 필요하다. 신중하게 관계를 구축해 놓고 그것을 멋지게 유지해 나갈 수 있다면, 거기에 관여하는 사람의 성공은 틀림없다고 해도 과언이 아닐 것이다.

친분에는 두 가지가 있다. 너는 그 두 가지의 다른 점을 항상 기억해 두고 행동해 주길 바란다.

우선은 대등한 연고 관계다. 이것은 소질도 역량도 거의 비슷한 두 사람이 구축할 호혜적인 관계로, 비교적 자유스러운 교류 — 정보 교환 — 가 가능하다.

하지만 이 관계는 서로의 능력을 인정하면서 상대가 자기를 위해서 스스로 진력해 준다는 확신 없이는 성립될 수 없다. 그리고 그 저변에 흐르고 있는 것은 상대에 대한 경의이다.

이것은 때에 따라 서로의 이해가 대립하는 일이 있더라도 절대 무너지지 않는 상호의존 관계로서, 이해가 대립하더라도 조금씩 양보해 나가다가 마지막에는 합의를 보아 통일된 행동을 하게 된다.

내가 한팅던 백작과 너에게 바라고 있는 것이 이 관계이다. 두 사람 모두 거의 같은 시기에 사회에 진출한다. 그때 너에게 백작과 거의 대등한 능력과 집중력이 있으면 너는 다른 젊은이들과 함께 손을 잡고 모든 이들로부터 인정받는 집단을 결성할 수 있게 될 것이고, 또한 그와 함께 뻗어갈 수 있게 될 것이다.

또 한 가지는 서로가 대등하지 못한 연줄이다. 즉 지위나 재산, 심지어는 소질이나 능력까지 한쪽에 몰려 있는 경우를 말한다.

이 관계에서는 은혜(恩惠)를 베풀 수 있는 측이 한쪽뿐인데, 그 은혜란 것도 표면에 나타나지 않고 교묘하게 가려져 있는 경우가 많다.

이런 관계에서 은혜를 받는 측은 상대의 기분을 살펴가면서 아첨하는 행동을 하며 상대의 우월감을 묵묵히 참아 나가기 십상이다. 반면, 은혜를 베푸는 측은 핵심을 조종당하고 있기 때문에 자기가 할 말도 하지 못하는 상태에 있으면서도 자기로서는 상대를 멋지게 조종해 보려고 든다. 그러나 그것은 생각에 불과하고, 상대의 생각대로 앞잡이 가 되어 행동할 뿐이다. 하지만 이런 사람은 교묘히 조종하기만 하면 조종하는 측에 많은 이익을 가져다주는 경우가 대부분이다.

이런 예에 관해서는 전에도 한번 너에게 써 보낸 일이 있는 것으로 기억하는데, 이 밖에도 스무 가지 이상의 비슷한 예가 있을 것이다. 한쪽에만 이익을 주는 관계는 이처럼 일반적이라고 할 만큼 흔한 모습 이다.

경쟁상대를 이기는 방법

　자기가 싫어하는 사람에게 사려 깊은 태도로 대하려면 어떻게 하는 것이 좋은가를 미리 알아두는 것이 무엇보다 중요하다.

　그런데 그것을 알고 있더라도 막상 실천해야 하는 순간이 오면 좀처럼 잘하지 못하는 것이 젊은이들이다. 그들은 사소한 일을 가지고 화를 내거나 앞뒤를 분간하지 못하는 경향이 있기 때문이다. 직장에서도 그렇고 연애를 할 때도 그렇지만, 자기의 생각을 비판하는 듯한 말을 하면 그 즉시 상대를 싫어하는 것이 보통이다.

　젊은 사람들은 라이벌도 적처럼 생각한다. 그래서 눈앞에 나타나면 건방지게 굴거나 딱딱하고 냉정한 태도로 무례한 태도를 취하면서 상대를 때려눕힐 방법이 없는가를 궁리하기 일쑤다.

　하지만 이것은 터무니없는 짓이다. 상대에게도 좋아하는 일이나 여성을 선택할 권리가 있기 때문이다. 이와 같은 짓을 하는 것은 통찰력이 부족하다는 증거라고밖에 달리 말할 방법이 없다.

그러나 라이벌을 냉정하게 대했다고 해서 소원이 이루어지는 것도 아니다. 게다가 라이벌끼리 으르렁대고 있을 때 제3자가 끼어들어 좋은 것을 빼앗아 가는 일도 왕왕 일어난다.

사태도 그리 단순하지만은 않다. 그것을 인정한다 해도 방향 전환을 쉽게 할 수도 없고, 일이나 연애를 접하고 싶지 않은 미묘한 마음마저 생길 것이다.

하지만 그 원인이 어디에 있든 간에 결과가 어떻게 나타날 것인지를 알아두는 것은 필요하다고 생각한다.

가령, 두 사람의 연적이 서로 노려보고 있다고 하자. 두 사람이 불쾌한 얼굴을 한 채 서로 다른 곳을 바라보고 있든지 욕을 하든지 하면, 틀림없이 그 장소에 함께 있던 사람들이 좋지 않게 생각할 것이다. 그리고 목표로 삼고 있는 여성도 두 사람을 좋지 않게 여길 것이다.

하지만 마음속으로 어떻게 느꼈든 간에 어느 한쪽이 표면적으로 싱긋 웃으면서 연적에게 자연스럽게 대응한다면 어떻게 될까?

거기에다 다른 한쪽의 인물이 초라하게 보이기라도 하면, 목표로 삼고 있는 여성은 대응하고 있는 사람에게 호감을 갖게 될 것이다.

이럴 경우 반대편 측은 자신이 놀림 당했다고 생각하고 그 여성을 책망할 것이 틀림없다. 그렇게 되면 책망을 들은 그 여성도 화를 내게 되므로 두 사람의 사이가 나빠질 것이다.

좋은 경쟁상대는 일을 성공시키는 힘이다

이것은 비즈니스 라이벌에 있어서도 동일하다. 자기의 감정을 억제하고, 냉정하게 표정 관리를 할 수 있는 사람은 라이벌에게 이길 수 있다.

프랑스인은 '공손한 태도'라는 말을 즐겨 쓰는데, 이것은 연적(戀敵)에게 노골적으로 혐오감을 표현할 정도로 마음이 좁은 인간에게는 특히 더 우아한 태도로 대하라는 뜻이다.

이것을 좀 더 쉽게 설명하기 위해서 나의 경험담을 말하겠다. 네가 같은 상황에 처했을 때, 이 일을 생각해 내어 유용하게 써주길 바란다.

내가 네덜란드 헤이그로 가서 오스트리아 계승전쟁에 전면 참전을 요청하고 구체적으로 군대의 수를 결정하는 등의 교섭을 마무리 짓고 돌아왔을 때의 이야기이다.

헤이그에는 너도 잘 알고 있는 대수도원장(大修道院長)이 있는데, 그는 프랑스 측에 서서 어떻게 해서든 네덜란드의 참전을 저지시키려고 했다. 나는 이 대수도원장이 두뇌도 명석하고 마음씨도 따뜻하며 근면한 인물이라는 말을 들었는데, 이때 보니 숙적(宿敵)과 한패라 친교를 깊게 맺을 수 없었다.

그러던 중 제3자가 마련한 어느 자리에서 그를 처음으로 보게 되었고, 그때 나는 어떤 인물을 개입시켜 소개받은 다음 이렇게 말했다.

"나라끼리는 적대(敵對)를 하고 있습니다만, 우리들이라면 그것을 초월하여 가까워질 수 있다고 생각합니다."

그러자 대수도원장은 "나도 그렇게 생각합니다."라고 정중한 태도로 대답해 주었다.

그로부터 이틀이 지난 뒤였는데, 내가 이른 아침에 암스테르담의 의회에 나갔을 때 대수도원장이 벌써 그곳에 나와 있었다. 나는 대수도원장과 면식이 있다는 것을 대의원들에게 말하고 온화하게 웃는 표정으로 이렇게 말했다.

"나의 숙적이 이곳에 있는 것을 보고 매우 유감스럽게 생각하고 있습니다. 이렇게 말씀드리는 것은, 그분의 능력이 이미 나에게 미쳐 매우 두렵게 하는 마음을 갖게 해주었기 때문입니다. 이것으로는 공평한 싸움이 되지 못할 것입니다. 부디 이분의 힘에 굴복하시지 말고, 이 나라의 이익만을 생각해 주시기를……."

이날 하고 싶은 말을 다 하지는 못했지만, 마지막 한마디 말은 입에 재갈이 물린 상태라도 했을 것으로 생각한다.

그런 나의 말에 그 장소에 있던 많은 사람들이 미소를 지었다. 대수도원장도 내가 정중히 찬사를 보낸 것에 대해 싫지 않은 표정을 보였고, 약 15분 정도 지난 후 나를 남겨둔 채 그 장소를 떠났다.

나는 설득을 계속했다. 전과 다름없는 말솜씨로, 그러나 전보다는 좀 더 진실되게.

"내가 이곳에 온 것은 네덜란드의 국익을 생각해서라는 그것 하나뿐입니다. 나의 친구들은 여러분의 눈을 속이기 위해서 허식이 필요했던 것입니다. 그러나 저는 일체 그런 것을 빼버리고 말씀드릴 생각입니다"라고.

나는 결국 목적을 달성했다. 그리고 그 후 대수도원장과 자주 만났다. 제3자가 마련한 장소에서 만났을 때나 지금이나 변함없이 허세가 없는 정중한 태도로 대했고, 그의 근황 등을 물었다.

남자로서 정정당당하게 처신하는 방법

한 사람의 훌륭한 인간이 라이벌에게 취하는 태도에는 두 가지가 있다. 가장 우아하게 대하든지, 아니면 두들겨 패버리든지…….

만일 상대가 품위를 버리고 고의로 너를 모욕하든지 경멸하든지 하면 망설이지 말고 두들겨 패버려라. 그러나 상처라도 입혔을 경우에는 표면상으로 매우 예의바르게 행동해야 한다. 그 편이 상대에 대한 복수가 되기도 하고, 어쩌면 자기를 위한 것이 되기도 할 것이다. 하지만 결코 상대를 깔보아서는 안 된다.

네가 만약 너를 고의로 모욕한 사람의 가치를 인정하고 친구가 되어 주려고 한다면, 그런 사람과는 친구가 되지 않는 것이 좋기 때문에 비겁한 태도일지 모르나 나는 권하지 않겠다.

또한 공공장소에서 노골적으로 실례된 태도를 취한 사람에게 그 사실을 정중히 말하고 시정을 요청했을 경우, 그 일로 인해 비난받는 일은 없을 것이다. 보통은 그 장소의 분위기를 원만하게 수습하고 주변에 있는 사람들에게 싫어하는 마음을 갖지 않도록 노력하고 있는 것처럼 보일 테니 말이다. 뿐만 아니라 세상에는 개인적인 취미나 질투 때문에 시민의 생활을 문란하게 만들어서는 안 된다는 약속 같은 것이 있고, 그것을 예사로 범하는 자는 세상의 비웃음거리밖에 되지 않으며 동정 받을 여지조차 없기 때문이다.

실제로 세상에는 심술궂음, 증오, 원한, 질투 등이 소용돌이치고 있다. 그중에는 그 수가 적긴 하지만 진실만을 찾아내는 현명한 사람도 있고, 부침(浮沈)도 매우 심하다. 오늘 부상(浮上)했는가 하면, 내일은 이미 침몰해 버리고 없어질지도 모른다.

이런 속에서는 말씨나 태도가 부드러워야 한다는 것 등의 예의나 실질과는 별로 관계없어 보이는 장비를 몸에 갖추고 있지 않으면 살아

남기 어렵다.

　지금은 내 편이지만 언제 적이 될지 모르는 것이고, 또한 적이라해도 언제 내 편이 될지 모른다. 그러므로 마음속으로는 싫어하면서도 표면적으로는 웃는 낯으로 대하면서 신중을 기하는 것이 필요하다.

사랑하는 자녀에게 꼭 들려주고 싶은 충고

이미 너는 사회인으로서 첫발을 대디뎠다. 언젠가는 네가 대성하기를 나는 빈다.

이 세계에서는 실천하는 것이 가장 좋은 공부다. 그러나 동시에 모든 것에 대한 배려와 집중력이 필요하다는 점을 말하면서, 끝으로 편지 쓰는 것을 예로 들면서 너에게 주는 도움말을 마무리하고 싶다. 이 마무리에는 사회인이 상식적으로 몸에 갖춰야 할 요소가 멋지게 집약되어 있다고 믿기 때문이다.

우선, 비즈니스 편지를 쓸 때는 명확하게 쓰는 것이 중요하다. 이 세상에서 머리가 가장 둔한 사람이 읽어도 뜻을 잘못 해석한다든가 뜻을 제대로 몰라서 처음부터 다시 읽어야 하는 일이 없도록 명확하게 쓰지 않으면 안 된다. 그렇게 하려면 정확해야 한다. 그리고 품위도 있어야 할 것이다.

비즈니스 편지에서는 사신(私信)으로 기뻐하게 만들 수 있는 은유

(隱喩)나 비유(比喩), 대조법(對照法), 경구(警句) 등을 사용하는 것은 어울리지 않는다고 생각한다. 오히려 산뜻하고 품위 있게 종합하되 구석구석까지 배려가 스며 있는 것이 바람직하다. 의상에 비유해서 말한다면, 정장을 하고 있는 것과 같으면 괜찮겠고 화려하게 차려입었거나 단정하지 못한 것은 안 되겠다.

또 문장을 단락(段落)마다 읽어봐서 객관적으로 자연스러워야 하고, 다른 뜻으로 받아들일 수 있는 여지가 있는 문구는 없는지를 점검해 봐야 한다.

대명사나 지시대명사에는 특히 신경 쓰는 것이 좋다. '그것', '이것', '그 사람' 등을 많이 사용하여 오해의 소지가 있는 경우에는 다소 장황해지더라도 분명하게 '○○ 씨', '○○ 사건'이라고 명시하는 편이 좋다.

비즈니스 편지라고 해서 정중함이나 예의가 결여되어도 좋다는 것은 아니다. 그러므로 '선생님을 알게 되어 이렇게 부탁까지 드리게 된 것이 무척 영광스러우며', 또는 '의견을 듣고 싶으시다면' 하고 경의를 표하는 것이 꼭 필요하다. 외국에 있는 외교관이 국내에 편지를 보낼 때는 대개 지위나 신분이 높은 각료나 지원자(혹은 지원자가 되어 주길 바라는 사람)에게 쓰는 일이 많기 때문이다.

그리고 나쁜 인상을 줄 수 요소는 여러 가지가 있다. 너는 그렇게 생각하고 있지 않은 모양인데, 매우 사소한 것까지 관심을 가져야 한다는 것을 잊지 말아야 한다.

비즈니스 편지에 반드시 있어야 하는 것은 아니지만, 그래도 있는 것이 바람직스러운 것은 품위이다. 화려하지 않고 달필이어야 한다는 것도 어느 뜻에서는 매우 중요한 요소다. 하지만 이것은 비즈니스 편지로서는 총마무리를 짓는 것과 같기 때문에 아직 토대가 마련되어 있지 않은 너에게 이처럼 장식 부분까지 관심을 가져달라고 하는 말은 이제 그만하려 한다.

말이든 글이든 간에 꾸밈이 지나치면 역효과를 가져온다. 간소하되 품위 있게, 특히 위엄을 느끼게 하는 것이 가장 좋다. 그런 편지를 쓰도록 해라.

문장의 길이는 너무 길어도 안 되고 짧아도 안 된다. 뜻이 불명확하지 않을 정도의 길이가 적당할 것이다.

너는 네가 하고자 하는 말을 엮어나가는 것을 잘못하고 있는데, 그것도 웃음거리가 될 수 있다. 정신을 차리도록 해라.

그리고 너의 글씨가 왜 그렇게 지저분한지 나는 아무리 생각해 봐도 이해할 수가 없다. 예사롭게 눈과 손을 사용하는 사람은 글씨를 아름답게 쓸 수 있는 것으로 생각하는데……. 나로서는 네가 좀 더 글씨를 멋지게 쓸 수 있기를 빌 수밖에 없다.

작은 일에 대범하고 큰일에 소심한 사람이 되지 마라

나는 무엇이든 글쓰기의 표본처럼 한 자 한 자 정성스럽게 그리고 정중하게 글을 쓰라고 하는 것은 아니다. 하지만 사회인은 글을 빠르면서도 아름답게 쓰지 않으면 안 된다. 그렇게 하려면 실천이 따라야 한다. 그러니 지금 당장 아름답게 글을 쓸 수 있는 습관을 몸에 익혀두는 것이 좋다고 생각한다. 그렇게 하면 신분이 높은 사람에게 편지를 쓰게 될 일이 생겼을 때도 글씨에 대해 고민할 필요 없이 내용에만 집중할 수 있을 것이다.

젊었을 때 수업이 부족하고, 작은 일에만 마음을 빼앗기고 있다 보니 큰일을 다룰 능력이 없어 많은 사람들로부터 조소를 받은 사나이가 있다. 이 사람은 소사(小事)에는 대심자(大心者), 대사(大事)에는 소심자(小心者)라고 놀림을 당했다고 한다. 큰일에 대처해야 할 때에 작은 일에만 마음을 빼앗기고 있었기 때문이다.

너는 지금 작은 일에만 대처해야 할 시기이며, 그런 지위에 있다. 그러니 지금 작은 일을 멋지게 마무리할 수 있는 습관을 갖도록 하는 것이 좋다.

그렇게 지내다보면 너에게도 큰일이 맡겨질 때가 올지도 모른다. 그때 가서 작은 일에 번민하지 않고 끝낼 수 있으려면 지금부터 대비해 두어야 한다.

아들에게 주는 아버지의 지혜

1판 1쇄 인쇄 | 2024년 01월 25일
1판 1쇄 발행 | 2024년 01월 30일

지은이 | 필립 체스터필드
옮긴이 | 이원복

펴낸이 | 윤옥임
펴낸곳 | 브라운힐
서울시 마포구 토정로 214 (신수동 388-2)
대표전화 (02)713-6523, 팩스 (02)3272-9702
등록 제 10-2428호

© 2024 by Brown Hill Publishing Co. 2020, Printed in Korea

ISBN 979-11-5825-152-9 03890
값 16,000원